TRANZLATY

El idioma es para todos

Dil herkes içindir

La Transformación
(*La Metamorfosis*)
Dönüşüm

Franz Kafka

Español
Türkçe

ISBN: 978-1-80572-167-3
Die Verwandlung
Franz Kafka, 1915

www.tranzlaty.com

Primera parte

Birinci Bölüm

Gregorio Samsa se despertó una mañana de un sueño intranquilo.
Gregor Samsa bir sabah huzursuz rüyalardan uyandı.
Se encontró en su cama, pero incapaz de moverse.
Kendini yatağında buldu ama hareket edemiyordu.
Se había transformado en una alimaña monstruosa.
O, korkunç bir böceğe dönüşmüştü.
Estaba acostado boca arriba, sobre su espalda, que estaba dura como una armadura.
Sırtüstü yatıyordu, sırtı zırh gibi sertti.
Levantando un poco la cabeza podía ver su barriga.
Başını biraz kaldırarak karnını görebildi.
Pero su vientre estaba abovedado y dividido en segmentos.
Fakat karnı kubbe şeklindeydi ve bölümlere ayrılmıştı.
La manta descansaba encima de su vientre redondeado.
Battaniye, yuvarlak karnının üzerinde duruyordu.
Pero la manta estaba a punto de caerse por completo.
Ancak battaniye neredeyse tamamen aşağı kayıyordu.
Sus piernas eran lamentables comparadas con su tamaño habitual.
Bacakları, normal boyutlarına kıyasla çok zayıftı.
Y sus muchas piernas se movían impotentes ante sus ojos.
Ve bacakları gözlerinin önünde çaresizce titriyordu.
"¿Qué me ha pasado?" pensó para sí.
"Bana ne oldu böyle?" diye düşündü kendi kendine.
Pero no era un sueño del que no pudiera despertar.
Ama bu, uyanamayacağı bir rüya değildi.
En realidad era su propia habitación la que él se encontraba.
Gerçekten de kendi odasında buldu kendini.
Un auténtico espacio para humanos, aunque un poco pequeño.
İnsanlar için gerçek bir oda, ama biraz küçük.
Él yacía tranquilamente entre las cuatro paredes conocidas.
Dört tanıdık duvar arasında sessizce uzandı.

Sobre la mesa había una colección de muestras textiles.
Masada çeşitli kumaş örnekleri vardı.
Samsa era un vendedor ambulante, de ahí las muestras.
Samsa seyyar bir satış temsilcisiydi, bu yüzden numuneler de vardı.
Encima de las muestras textiles desmontadas había una imagen.
Sökülmüş tekstil örneklerinin üzerinde bir resim vardı.
Recientemente había recortado la imagen de una revista.
Resmi yakın zamanda bir dergiden kesmişti.
Había colocado el cuadro en un bonito marco dorado.
Resmi güzel, yaldızlı bir çerçeveye yerleştirmişti.
El cuadro enmarcado mostraba a una dama sentada erguida.
Çerçevelenmiş resimde dik oturmuş bir kadın tasvir edilmişti.
Llevaba un gorro de piel y tenía un manguito de piel.
Kürk şapka takıyordu ve kürk eldiveni de vardı.
Ella estaba levantando su mano hacia el espectador de la imagen.
Elini resme bakan kişiye doğru kaldırıyordu.
Todo su antebrazo desapareció dentro de su pesado manguito de piel.
Kolunun tamamı kalın kürk mantosunun içinde kaybolmuştu.
Gregor miró por la ventana el clima gris.
Gregor pencereden dışarı, kasvetli havaya baktı.
Se podía oír fuertes gotas de lluvia golpeando la ventana.
Pencereye çarpan şiddetli yağmur damlalarının sesi duyulabiliyordu.
El clima gris lo hacía sentir muy melancólico.
Gri hava onu çok melankolik hissettirdi.
"¿Qué tal si duermo un poco más?" pensó.
"Biraz daha uyusam nasıl olur?" diye düşündü.
"Dormir más podría ayudarme a olvidar estas tonterías".
"Daha fazla uyumak bu saçmalığı unutmama yardımcı olabilir."
Pero dormir más era completamente inviable.
Ama daha fazla uyumak tamamen imkansızdı.
Porque estaba acostumbrado a dormir sobre su lado derecho.

Çünkü sağ tarafına yatarak uyumaya alışmıştı.

Pero su estado actual le impedía realizar sus movimientos habituales.

Ancak mevcut durumu, her zamanki hareketlerini yapmasına engel oluyordu.

No tenía forma de llegar a esa posición.

Kendisini bu duruma düşürmesinin hiçbir yolu yoktu.

Intentó con todas sus fuerzas lanzarse hacia su lado derecho.

Elinden geldiğince sağ tarafına doğru dönmeye çalıştı.

Probablemente intentó este movimiento cientos de veces.

Bu hareketi muhtemelen yüzlerce kez denemiştir.

Pero él siempre volvía a la posición supina.

Ama her zaman tekrar sırtüstü pozisyona geri dönüyordu.

Cerró los ojos para no ver sus piernas inquietas.

Bacaklarının kıpır kıpır hareketlerini görmemek için gözlerini kapattı.

Al final el dolor le impidió intentarlo de nuevo.

Sonunda çektiği acı, tekrar denemesine engel oldu.

Un dolor sordo en el costado que nunca había sentido antes.

Yan tarafında daha önce hiç hissetmediği hafif bir ağrı.

«Oh Dios», pensó desesperado Gregorio Samsa.

"Aman Tanrım," diye düşündü Gregor Samsa çaresizce.

¡Qué profesión tan agotadora he elegido para mí!

"Ne kadar da zorlu bir meslek seçmişim kendime!"

"Día tras día tengo que viajar por trabajo".

"İşim gereği her gün seyahat etmek zorundayım."

"El trabajo de oficina es mucho más fácil que trabajar fuera de casa".

"Ofiste çalışmak, seyahat halinde çalışmaya göre çok daha kolay."

"Y tengo la maldición de tener que viajar."

"Ve sürekli seyahat etmek zorunda kalmanın lanetine maruz kalıyorum."

"Todas las preocupaciones por llegar a tiempo a los trenes."

"Trenlere zamanında yetişme endişesi."

"Mis horarios de comida son irregulares y la comida es mala".

"Yemek saatlerim düzensiz ve yemekler kötü."
"Mis amigos siempre están cambiando de ciudad en ciudad."
"Arkadaşlarım şehirden şehre sürekli değişiyor."
"Las interacciones que tengo son frías y profesionales".
"Kurduğum etkileşimler soğuk ve profesyonel."
"¡Dejad que el Diablo se divierta con este tipo de trabajos!"
"Bırakın şeytan bu tür işlerle eğlensin!"
Sintió un ligero picor en la parte superior del estómago.
Karnının üst kısmında hafif bir kaşıntı hissetti.
Se apoyó contra el poste de la cama, con la espalda.
Sırtını yatak direğine dayadı.
Quería poder levantar mejor la cabeza.
Başını daha rahat kaldırabilmeyi istiyordu.
Encontró el punto que le picaba y le molestaba.
Kendisini rahatsız eden kaşıntılı noktayı buldu.
Su cabeza parecía estar cubierta de pequeños puntos blancos.
Başının üzeri küçük beyaz noktalarla kaplı gibiydi.
No podía decir qué eran esos pequeños puntos blancos.
Bu küçük beyaz noktaların ne olduğunu anlayamadı.
Había planeado tocar el lugar con una de sus piernas.
Ayaklarından biriyle o noktaya dokunmayı planlamıştı.
Pero cuando tocó el lugar sintió un extraño escalofrío.
Ama o noktaya dokunduğunda garip bir ürperti hissetti.
Entonces inmediatamente retiró la pierna del lugar.
Bunun üzerine hemen bacağını o noktadan çekti.
No tuvo más remedio que aceptar la sensación de picazón.
Kaşıntı hissini kabullenmekten başka çaresi yoktu.
Y volvió a su posición anterior en la cama.
Ve yatakta önceki pozisyonuna geri döndü.
"Despertarse tan temprano realmente te vuelve bastante estúpido".
"Bu kadar erken uyanmak insanı gerçekten aptallaştırıyor."
"Un hombre debe dormir lo suficiente", pensó.
"İnsanın yeterince uyuması gerekir," diye düşündü kendi kendine.
"Los demás vendedores ambulantes viven una vida de lujo."

"Diğer seyyar satıcılar lüks içinde yaşıyorlar."
"Por la mañana transfiero los pedidos que he recibido."
"Sabahları aldığım siparişleri iletiyorum."
"Mientras tanto esos señores todavía están desayunando."
"Bu arada beyler hâlâ kahvaltı yapıyorlar."
"Imagínese si intentara hacer eso con mi jefe".
"Bunu patronumla yapmaya kalkışsaydım ne olurdu bir düşünün."
"Me despediría antes de terminar mi desayuno."
"Kahvaltımı bitirmeden beni işten kovardı."
"Pero quizá eso tampoco sería lo peor."
"Ama belki de bu da en kötü şey olmazdı."
"El problema es que mis padres me están frenando".
"Sorun şu ki, ailem beni engelliyor."
"Si no fuera por ellos ya habría dimitido."
"Onlar olmasaydı çoktan istifa etmiş olurdum."
"Me habría enfrentado al jefe y se lo habría dicho".
"Patrona karşı çıkıp durumu açıkça söylerdim."
"Diría exactamente lo que pienso de él y del trabajo".
"Onun ve yaptığı iş hakkında ne düşündüğümü aynen söylerdim."
"¡Se caería del escritorio si le contara todo!"
"Her şeyi anlatsam masasından düşerdi!"
"Es muy extraña la forma en que se sienta en su escritorio".
"Masasında oturuş şekli çok garip."
"La forma en que habla con sus subordinados no es correcta".
"Astlarıyla konuşma şekli doğru değil."
"Y lo peor es que su audición es muy pobre".
"Ve en kötü yanı da işitme duyusunun çok zayıf olması."
"Así que no te queda otra opción que sentarte muy cerca de él."
"Bu yüzden ona çok yakın oturmaktan başka seçeneğiniz yok."
Pero dicho todo esto, la esperanza no está completamente perdida todavía.
"Ancak tüm bunlara rağmen, umut henüz tamamen kaybolmuş değil."

"Ahorraré el dinero para pagar la deuda de mis padres".
"Parayı biriktirip anne babamın borcunu ödeyeceğim."
"No puedo hacer nada mientras todavía le deban dinero".
"Onlar hâlâ ona borçlu oldukları sürece hiçbir şey yapamam."
"Pero cuando la deuda esté pagada definitivamente lo haré."
"Ama borç ödendiğinde bunu kesinlikle yapacağım."
"Probablemente tomará otros cinco o seis años."
"Muhtemelen beş ila altı yıl daha sürecek."
"Sí, entonces definitivamente se hará la gran separación".
"Evet, o zaman büyük ayrılık kesinlikle gerçekleşecektir."
"Por el momento, sin embargo, debo levantarme de la cama."
"Şimdilik yataktan kalkmam gerekiyor."
"Porque mi tren sale a las cinco en punto."
"Çünkü trenim saat beşte kalkacak."
Gregor miró el despertador que sonaba sobre la mesa.
Gregor masanın üzerindeki çalar saatin tıkırtısını izledi.
"¡Padre Celestial!" pensó al ver la hora.
"Ey göksel Baba!" diye düşündü saate baktığında.
Las seis y media ya habían pasado silenciosamente.
Saat altı buçuk sessizce geçip gitmişti bile.
Y las manecillas del reloj seguían avanzando.
Ve saatin kolları ve kolları kendiliğinden ileri doğru hareket
etmeye devam etti.
Y ahora se acercaba la cuarta hora menos cuarto.
Saat artık yediye çeyrek kala idi.
"¿Quizás la alarma no sonó para despertarme?", pensó.
"Belki de beni uyandırmak için alarm çalmamıştı?" diye
düşündü.
Desde la cama Gregor inspeccionó el despertador.
Gregor yatağından çalar saati inceledi.
El despertador estaba programado exactamente para las
cuatro.
Çalar saat dört olarak doğru ayarlanmıştı.
No podía explicarlo, pero la alarma debió haber sonado.
Bunu açıklayamıyordu ama alarm çalmış olmalıydı.
"¿Cómo pude dormirme a pesar de la alarma sin darme
cuenta?"

"Alarmı nasıl duymadan uyuyakaldım?"
Cuando suena la alarma incluso sacude los muebles.
Alarm çaldığında mobilyalar bile sallanıyor.
Sabía que su sueño no había sido para nada tranquilo.
Uykusunun hiç de huzurlu geçmediğini biliyordu.
Pero quizá por eso su sueño era mucho más profundo.
Ama belki de bu yüzden uykusu çok daha derindi.
Tenía que pensar qué debía hacer ahora.
Şimdi ne yapması gerektiği konusunda düşünmesi
gerekiyordu.
El siguiente tren no salía hasta las siete.
Bir sonraki tren saat yediye kadar kalkmadı.
Coger ese tren sería casi imposible.
O trene yetişmek neredeyse imkansız olurdu.
Y aún no había empacado los textiles que necesitaba.
Ve henüz ihtiyacı olan tekstil ürünlerini paketlememişti.
Tampoco se sentía especialmente fresco y ágil.
Kendini pek de dinç ve çevik hissetmiyordu.
Quizás había una posibilidad de subir al tren.
Belki trene binme şansı vardı.
**Pero de todas formas, un regaño por parte del jefe era
inevitable.**
Ama her iki durumda da patronun azarı kaçınılmazdı.
El empleado habría subido al tren de las cinco.
Memur saat beşteki trene binmiş olmalıydı.
El oficinista era una criatura sin carácter del jefe.
Büro memuru, patronun omurgasız bir kuklasıydı.
Así que la ausencia de Gregor ya habría sido informada.
Dolayısıyla Gregor'un yokluğu zaten bildirilmiş olmalıydı.
**"¿Qué pasa si llamo para avisar que estoy enfermo?" Gregor
estaba pensando.**
"Ya hasta olduğumu söylesem?" diye düşünüyordu Gregor.
Pero eso sería extremadamente embarazoso y sospechoso.
Ama bu son derece utanç verici ve şüpheli olurdu.
**Gregor nunca había estado enfermo durante el tiempo que
trabajó allí.**
Gregor orada çalıştığı süre boyunca hiç hasta olmamıştı.

Y ya les había dado cinco años de servicio.
Ve onlara zaten beş yıllık hizmet vermişti.
Lo más probable era que el jefe viniera a ver cómo estaba.
Patronun onu kontrol etmeye gelme ihtimali yüksekti.
Probablemente traería al médico del seguro médico.
Muhtemelen sağlık sigortası doktorunu da yanında
getirecektir.
Y culparía a los padres por la pereza de su hijo.
Ve tembel oğullarından dolayı anne babayı suçlardı.
No podrían hacerle ninguna objeción.
Ona hiçbir şekilde itiraz edemezlerdi.
Porque para él sólo había dos clases de trabajadores.
Çünkü ona göre sadece iki tür işçi vardı.
**O bien los trabajadores estaban completamente sanos o bien
eran reacios al trabajo.**
İşçiler ya tamamen sağlıklıydı ya da işten kaçıyorlardı.
¿Y estaría equivocado en ese análisis básico?
Peki, bu temel analizinde yanılıyor olabilir miydi?
Ciertamente, en este caso tenía un argumento sólido.
Elbette, bu durumda güçlü bir argümanı vardı.
**A pesar de su apariencia, Gregor en realidad se sentía
bastante bien.**
Görünüşüne rağmen Gregor aslında kendini oldukça iyi
hissediyordu.
**El sueño innecesariamente largo lo dejó un poco
somnoliento.**
Gereksiz yere uzun süren uyku onu biraz uykulu yapmıştı.
Pero aparte de eso no podía quejarse de enfermedad.
Ama bunun dışında herhangi bir hastalıktan şikayet
edemezdi.
Incluso sintió un hambre especialmente fuerte y saludable.
Hatta özellikle güçlü ve sağlıklı bir açlık hissetti.
Mientras pensaba estos pensamientos el reloj volvió a sonar.
O bunları düşünürken saat tekrar çaldı.
Según la alarma eran ya las siete menos cuarto.
Alarm sistemine göre saat yediye çeyrek kalmıştı.
Y ahora también se oyó un suave golpe en la puerta.

Ve şimdi de kapıya hafif bir tıkırtı geldi.

—Gregor —lo llamó alguien. Era la madre.

"Gregor," diye seslendi biri ona; annesiydi.

"Son las siete menos cuarto", confirmó la alarma.

"Saat yediye çeyrek kala," diyerek alarmı doğruladı.

¿No querías irte?, preguntó la suave voz.

"Gitmek istemedin mi?" diye sordu nazik bir ses.

Gregor se asustó cuando oyó su voz respondiendo.

Gregor, onun sesini duyunca korktu.

La voz seguía siendo la voz que siempre tuvo.

Sesi, her zaman sahip olduğu sesti.

Pero ahora había un nuevo sonido mezclado en su voz.

Ama şimdi sesine yeni bir tını karışmıştı.

Desde lo más profundo de él también salió un doloroso chillido.

Onun da içinden derin bir acı çığlığı çıktı.

Al principio su voz parecía formar palabras con claridad.

İlk başta sesi kelimeleri net bir şekilde oluşturuyor gibiydi.

Pero entonces Gregor escuchó el eco mental de su voz.

Ama sonra Gregor, kendi sesinin zihinsel yankısını duydu.

La grabación de su voz se interrumpió de una manera extraña.

Ses kaydı garip bir şekilde kesildi.

Y no estaba seguro de si había escuchado las cosas correctamente.

Ve duyduklarının doğru olup olmadığından emin değildi.

Gregor sintió un profundo deseo de dar una respuesta detallada.

Gregor, ayrıntılı bir cevap verme konusunda derin bir istek duyuyordu.

Quería explicarle todo claramente a su madre.

Annesine her şeyi açıkça anlatmak istiyordu.

Pero, dadas las circunstancias, tuvo que limitarse.

Ancak, şartlar göz önüne alındığında, kendini sınırlamak zorunda kaldı.

Y respondió mucho más breve de lo que le hubiera gustado.

Ve istediğinden çok daha kısa bir cevap verdi.

-Sí madre, no te preocupes, gracias, ya estoy levantado.
"Evet anne, merak etme, teşekkür ederim, çoktan kalktım."
La puerta de madera probablemente ayudó a amortiguar su voz.
Ahşap kapı muhtemelen sesinin daha az duyulmasına yardımcı olmuştur.
Desde fuera el cambio en la voz de Gregor pasó desapercibido.
Gregor'un sesindeki değişiklik dışarıdan fark edilmedi.
La madre pareció estar satisfecha con su explicación.
Anne, onun açıklamalarından memnun kalmış gibiydi.
Y ella se fue de nuevo tan silenciosamente como había llegado.
Ve geldiği gibi sessizce tekrar ayrıldı.
Pero la pequeña conversación tuvo un efecto no deseado.
Ancak bu kısa konuşmanın istenmeyen bir etkisi oldu.
Llamó la atención de los demás miembros de la familia.
Diğer aile üyelerinin dikkatini çekti.
Gregor todavía estaba en casa y no había ido a trabajar.
Gregor hâlâ evdeydi ve işe gitmemişti.
Y ahora el padre también llamó a la puerta lateral.
Ve şimdi baba da yan kapıyı çaldı.
Golpeó débilmente, pero decidido, con el puño.
Güçsüzce ama kararlı bir şekilde yumruğuyla vurdu.
—Gregor, Gregor —gritó—, ¿cuál es el problema?
"Gregor, Gregor," diye seslendi, "sorun nedir?"
Al cabo de un rato volvió a advertir con voz más grave.
Bir süre sonra daha kalın bir sesle tekrar uyardı.
Pero ahora la hermana llamó a la puerta del otro lado.
Ama diğer kapıda kız kardeş şimdi kapıyı çaldı.
"¿Gregor? ¿No te encuentras bien?", preguntó en voz baja.
"Gregor? İyi değil misin?" diye sordu sessizce.
"¿Necesitas algo?" preguntó preocupada.
"Bir şeye ihtiyacınız var mı?" diye sordu endişeyle.
Gregor respondió a ambas partes: "Ya he terminado".
Gregor her iki tarafa da şu cevabı verdi: "Ben zaten işimi bitirdim."

Había hecho todo lo posible para pronunciar todas las palabras con cuidado.

Kelimelerin hepsini dikkatlice telaffuz etmek için elinden gelenin en iyisini yapmıştı.

Y eliminó todo lo que era llamativo en su voz.

Ve sesindeki göze çarpan her şeyi ortadan kaldırdı.

El padre también parecía satisfecho con la respuesta.

Baba da verilen cevaptan memnun görünüyordu.

Y regresó a su desayuno inacabado.

Ve yarım kalan kahvaltısına geri döndü.

Pero la hermana susurró: "Gregor, ábreme, te lo ruego".

Ama kız kardeş fısıldayarak, "Gregor, lütfen ağzını aç, yalvarıyorum." dedi.

Pero su preocupación por él no podía conmoverlo de ninguna manera.

Ama onun için duyduğu endişe, adamı hiçbir şekilde etkileyemedi.

Gregor no tenía intención de abrirle la puerta.

Gregor'un ona kapıyı açmaya hiç niyeti yoktu.

Había adquirido algunos hábitos de cautela al viajar.

Seyahat ederken bazı temkinli alışkanlıklar edinmişti.

Y se alababa a sí mismo por haber cerrado las puertas.

Kapıları kilitlediği için kendini övdü.

Primero quiso levantarse tranquilamente y a su propio ritmo.

Öncelikle kendi zamanında sessizce kalkmak istedi.

Y sin que nadie le molestara quiso vestirse.

Ve rahatsız edilmeden giyinmek istedi.

Una vez logrado esto, quiso entonces desayunar.

Bunu başardıktan sonra kahvaltı yapmak istedi.

Sólo entonces quiso reflexionar más sobre la situación.

Ancak o zaman durumu daha ayrıntılı olarak değerlendirmek istedi.

Sabía que no tenía sentido hacer planes en la cama.

Yatakta plan yapmanın hiçbir faydası olmadığını biliyordu.

Sería imposible llegar a una conclusión sensata.

Mantıklı bir sonuca ulaşmak imkansız olurdu.

Había habido otras ocasiones en las que se despertó con dolores leves.

Daha önce de hafif ağrılarla uyandığı zamanlar olmuştu.

Estos dolores siempre resultaban ser pura imaginación.

Bu acıların her zaman tamamen hayal ürünü olduğu ortaya çıktı.

Al levantarme de la cama el dolor invariablemente desaparecía.

Yataktan kalkınca ağrı her zaman geçiyordu.

Tenía curiosidad por ver qué pasaría con esas ideas.

Bu fikirlerin akıbetinin ne olacağını merak ediyordu.

El cambio en su voz probablemente se debió sólo a un resfriado.

Sesindeki değişiklik muhtemelen sadece soğuk algınlığından kaynaklanıyordu.

Los resfriados son simplemente un riesgo laboral para los viajeros.

Seyahat edenler için soğuk algınlığı sadece mesleki bir risktir.

No tenía ninguna duda de que ésa era la explicación lógica.

Bunun mantıklı bir açıklama olduğundan hiç şüphesi yoktu.

Logró quitarse la manta de encima con facilidad.

Üzerindeki battaniyeyi çıkarmak kolay oldu.

Lo único que tenía que hacer era inhalar e inflarse.

Tek yapması gereken derin bir nefes alıp kendini şişirmekti.

La manta se deslizó de su cuerpo y cayó al suelo.

Battaniye vücudundan kayarak yere düştü.

Su cuerpo increíblemente ancho dificultaba otras cosas.

Aşırı geniş vücudu diğer şeyleri zorlaştırıyordu.

Habría necesitado brazos y manos para ponerse de pie.

Ayağa kalkabilmesi için kollara ve ellere ihtiyacı olurdu.

Pero ya no tenía las extremidades que solía tener.

Ama artık eskisi gibi uzuvlara sahip değildi.

En lugar de brazos y manos tenía muchas piernas pequeñas.

Kolları ve elleri yerine bir sürü küçük bacağı vardı.

Y sus piernas se movían constantemente, sin su control.

Ve bacakları, onun kontrolü dışında, sürekli hareket ediyordu.

Intentó doblar una pierna, pero en lugar de eso se estiró.

Bir bacağını bükmeye çalıştı ama bunun yerine bacağı uzadı.

Finalmente logró controlar una pierna.

Sonunda bir bacağını kontrol altına almayı başardı.

Pero luego se liberó el movimiento de las otras piernas.

Ancak daha sonra diğer bacakların hareketi serbest bırakıldı.

Y todas sus piernas se crisparon de extrema excitación.

Ve tüm bacakları aşırı heyecandan seğirdi.

Primero quería sacar la parte inferior de su cuerpo de la cama.

Öncelikle alt bedenini yataktan çıkarmak istedi.

Pero en realidad aún no había visto la parte inferior de su cuerpo.

Ama henüz alt bedenini görmemişti.

Y, de todas formas, resultó demasiado difícil mover esta pieza.

Üstelik bu parçayı taşımak da çok zor oldu.

Finalmente, con todas sus fuerzas, realizó un movimiento salvaje.

Sonunda, tüm gücüyle, çılgınca bir hamle yaptı.

Sin más vacilación, avanzó.

Hiç tereddüt etmeden öne doğru ilerledi.

Pero había elegido la dirección equivocada.

Ama yanlış yöne gitmeyi seçmişti.

Golpeó violentamente su cuerpo contra el poste inferior de la cama.

Vücudunu şiddetle yatağın alt direğine çarptı.

El dolor ardiente que sintió le enseñó una valiosa lección.

Hissettiği yakıcı acı ona değerli bir ders verdi.

La parte inferior de su cuerpo era quizás más sensible.

Vücudunun alt kısmı belki de daha hassastı.

Entonces intentó sacar primero la parte superior del cuerpo de la cama.

Bu yüzden önce üst vücudunu yataktan çıkarmaya çalıştı.

Giró cuidadosamente la cabeza en la dirección correcta.

Başını dikkatlice doğru yöne çevirdi.

Y pronto su cabeza estaba mirando hacia el borde de la cama.

Ve çok geçmeden başı yatağın kenarına doğru döndü.

Este movimiento cauteloso en realidad fue fácil para él.
Bu temkinli hareket aslında onun için kolaydı.
Y su anchura y peso no detuvieron su movimiento.
Genişliği ve ağırlığı hareketlerini engellemedi.
La masa de su cuerpo siguió lentamente el giro de la cabeza.
Vücudunun kütlesi, başının dönüşüne yavaşça ayak uydurdu.
Pero luego sostuvo su cabeza sobre el borde de la cama.
Ama sonra başını yatağın kenarından aşağı sarkıttı.
Y se enfrentó a un nuevo miedo en el que aún no había pensado.
Ve daha önce hiç düşünmediği yeni bir korkuyla karşı karşıya kaldı.
Avanzar más por este camino podría ser peligroso.
Bu yönde daha fazla ilerlemek tehlikeli olabilir.
Había pensado que simplemente se dejaría caer.
Kendini düşüşe bırakacağını düşünmüştü.
Pero sería un milagro si no se lesionara la cabeza.
Ama kafasını yaralamaması mucize olurdu.
Ahora no era el momento de arriesgarse a perder el conocimiento.
Şu an bilincimi kaybetme riskini göze almanın zamanı değildi.
Quizás sería mejor quedarse en la cama después de todo.
Belki de en iyisi yatakta kalmaktır.
Pero luego tuvo que hacer el mismo esfuerzo para regresar.
Ama sonra geri dönmek için aynı çabayı göstermesi gerekti.
Después de todo ese esfuerzo él estaba tendido allí igual que antes.
Bütün bu çabalardan sonra, tıpkı daha önce olduğu gibi orada yatıyordu.
Y ahora sus piernas parecían incluso más enojadas que antes.
Ve şimdi bacakları, daha önce olduğundan bile daha öfkeli görünüyordu.
Los movimientos de sus piernas se habían vuelto aún más incontrolables.
Bacağının hareketleri daha da kontrol edilemez hale gelmişti.

No veía manera de salir de la situación en la que se encontraba.

İçinde bulunduğu durumdan kurtulmanın hiçbir yolunu göremiyordu.

De este caos no fue posible sacar la paz ni el orden.

Bu kaos ortamından barış ve düzen çıkarılamadı.

Pero sabía que quedarse en la cama tampoco era una opción.

Ama yatakta kalmanın da bir seçenek olmadığını biliyordu.

Sacrificarlo todo era la opción más sensata.

Her şeyi feda etmek en mantıklı seçenekti.

Se aferró a la más mínima esperanza de levantarse de la cama.

Yatağından kalkma umuduna dair en ufak bir kırıntıya bile tutundu.

Si lo hubiera conseguido, todo riesgo habría valido la pena.

Eğer bunu başarabilseydi, tüm risklere değmiş olurdu.

Pero al mismo tiempo también recordó algo más.

Ama aynı anda başka bir şeyi de hatırladı.

"Mejores que decisiones desesperadas son reflexiones tranquilas."

"Umutsuz kararlar vermektense, sakin bir şekilde düşünmek daha iyidir."

Con todo su esfuerzo centró su mirada en la ventana.

Tüm gücüyle gözlerini pencereye dikti.

Pero lo que vio le trajo poca confianza y alegría.

Ancak gördükleri ona pek güven ve neşe vermedi.

La niebla de la mañana cubría toda la estrecha calle.

Sabah sisi dar sokağın tamamını kaplamıştı.

El despertador volvió a sonar; ahora eran las siete.

Çalar saat tekrar çaldı; artık saat yedi olmuştu.

"Ya son las siete y todavía hay mucha niebla."

"Saat yedi oldu ve hâlâ çok sis var."

Durante un rato permaneció en silencio, respirando débilmente.

Bir süre sessizce yattı, nefes alışverişi çok zayıftı.

Quizás un poco de quietud traería algo de normalidad.

Belki biraz durgunluk normale dönüşü sağlayabilir.

Un silencio absoluto podría provocar las condiciones reales.
Tam bir sessizlik gerçek koşulları ortaya çıkarabilir.
Pero antes de que el reloj volviera a sonar, rompió el silencio.
Ama saat tekrar çalmadan önce sessizliği bozdu.
"Antes de que el reloj vuelva a sonar, debo levantarme de la cama."
"Saat tekrar çalmadan önce yataktan kalkmalıyım."
"Para entonces tengo que estar totalmente fuera de la cama."
"O zamana kadar mutlaka yataktan tamamen kalkmış olmalıyım."
"Después de las siete y cuarto la oficina enviará a alguien."
"Saat yediyi çeyrek geçtikten sonra ofis birini gönderecek."
"Porque la oficina abrió antes de las siete."
"Çünkü ofis saat yediden önce açılıyordu."
Y ahora empezó a balancear su cuerpo fuera de la cama.
Ve şimdi vücudunu yataktan dışarı doğru sallamaya başladı.
Había abandonado el centrarse en la parte superior o inferior de su cuerpo.
Vücudunun üst veya alt kısmına odaklanmayı bırakmıştı.
Todo el largo de su cuerpo tuvo que salir de la cama.
Vücudunun tamamının yataktan kalkması gerekiyordu.
Caer de esa manera debería proteger su cabeza, pensó.
Bu şekilde düşmek kafasını koruyacaktır diye düşündü.
Había planeado levantar la cabeza cuando cayera al suelo.
Yere düştüğünde başını kaldırmayı planlamıştı.
La parte posterior de su cuerpo parecía lo suficientemente dura para el impacto.
Vücudunun arka kısmı darbenin etkisine karşı yeterince sert görünüyordu.
Y la alfombra estaba allí para suavizar el aterrizaje.
Ve halı, inişi yumuşatmak için oradaydı.
Sin embargo, su mayor preocupación era el fuerte ruido.
Ancak onun en büyük endişesi yüksek sesti.
El ruido estrepitoso asustaría a todos en la casa.
Çarpma sesi evdeki herkesi korkuturdu.
Quizás no les daría miedo el ruido fuerte.

Belki de yüksek sesten korkmazlardı.
Pero seguramente se preocuparían si oyeran eso.
Ama bunu duyarlarsa kesinlikle endişeleneceklerdi.
Pero había que correr el riesgo de llamar la atención.
Ancak dikkat çekme riskini göze almak gerekiyordu.
El nuevo método era más un juego que un esfuerzo.
Yeni yöntem, çabadan çok bir oyuna benziyordu.
Tuvo que balancear su cuerpo con movimientos bruscos y espasmódicos.
Vücudunu ani ve sarsıntılı hareketlerle sallamak zorunda kaldı.
Gregor ya estaba medio levantado de la cama.
Gregor çoktan yatağın yarısına kadar kalkmıştı.
Ahora se le ocurrió una idea nueva.
Aklına birden yeni bir fikir geldi.
"Todo sería tan fácil si alguien viniera en mi ayuda."
"Eğer biri bana yardım etseydi her şey çok daha kolay olurdu."
"Dos personas fuertes serían suficientes."
"İki güçlü kişi tamamen yeterli olurdu."
Su padre y la criada serían lo suficientemente fuertes.
Babası ve hizmetçi kız yeterince güçlü olurlardı.
Sólo tendrían que deslizar los brazos bajo su espalda.
Kollarını onun sırtının altına kaydırmaları yeterli olacaktı.
Y luego pudieron sacarlo fácilmente de la cama.
Sonra da onu yataktan kolayca çıkarabilirlerdi.
Quizás habrían tenido que bajarle el peso poco a poco.
Belki de kilosunu yavaş yavaş azaltmaları gerekecekti.
Ojalá entonces las piernas hubieran encontrado su propósito.
Umarım o zaman bacaklar amaçlarına kavuşmuş olur.
¿No sería mejor después de todo pedir ayuda?
"En azından yardım çağırmak daha iyi olmaz mıydı?"
El problema, por supuesto, era que había cerrado las puertas.
Sorun elbette ki kapıları kilitlemiş olmasıydı.
Había algo en ese pensamiento que le hacía cosquillas.
Bu düşünce onu bir şekilde eğlendirmişti.

Y a pesar de sus dificultades, no pudo evitar esbozar una sonrisa.

Ve tüm zorluklara rağmen, gülümsemesini gizleyemedi.

Ya estaba cerca de perder el equilibrio.

Dengesini kaybetmeye çok yakındı zaten.

Cada movimiento lo acercaba más a caerse de la cama.

Her sallanışı onu yataktan düşmeye biraz daha yaklaştırıyordu.

Pronto tendría que tomar la decisión final.

Çok yakında nihai kararını vermek zorunda kalacaktı.

En cinco minutos serían las siete y cuarto.

Beş dakika sonra saat yediyi çeyrek geçecekti.

Mientras pensaba estos pensamientos, sonó el timbre.

O bunları düşünürken kapı zili çaldı.

"Es alguien de la oficina", se dijo.

"Bu ofisten biri," diye düşündü kendi kendine.

Y casi se quedó paralizado de miedo ante la visita.

Ve gelen ziyaretçi yüzünden neredeyse korkudan donup kaldı.

Sus piernas bailaron aún más salvajemente que antes.

Bacakları, daha önce olduğundan da daha çılgınca hareket ediyordu.

Pero luego, por un momento, todo quedó en silencio.

Ama sonra, bir an için her şey sessizleşti.

"No abrirán la puerta", se dijo Gregor.

"Kapıyı açmayacaklar," diye düşündü Gregor kendi kendine.

Todavía estaba atrapado en una esperanza sin sentido.

Hâlâ anlamsız bir umudun etkisi altındaydı.

Pero luego, por supuesto, la criada se dirigió a la puerta.

Ama sonra, elbette, hizmetçi kapıya doğru yürüdü.

Y como siempre, le abrió la puerta al visitante.

Ve her zamanki gibi, ziyaretçiye kapıyı açtı.

A Gregor le bastó con oír el primer saludo del visitante.

Gregor'un ziyaretçinin ilk selamını duyması yeterliydi.

Pudo saber inmediatamente quién había venido a buscarlo.

Kimin onu almaya geldiğini hemen anladı.

El propio jefe de oficina había venido a ver cómo estaba Samsa.

Baş kâtip bizzat Samsa'yı kontrol etmeye gelmişti.

¿Por qué Gregor fue el único condenado a este destino?

Gregor neden bu kadere mahkum edilen tek kişi oldu?

¿Por qué sólo él tuvo que servir en tal organización?

Neden sadece o böyle bir kuruluşta görev yapmak zorundaydı?

El más mínimo descuido despertaba inmediatamente sospechas.

En ufak bir ihmal bile hemen şüphe uyandırıyordu.

¿Todos los empleados que trabajaban allí eran unos sinvergüenzas?

Orada çalışan tüm çalışanlar düzenbaz mıydı?

¿No había entre ellos ninguna persona fiel y devota?

Aralarında sadık ve özverili kimse yok muydu?

¿No podrían haber enviado simplemente un aprendiz?

Bir çırak gönderemezler miydi?

¿Era realmente necesario todo este cuestionamiento?

Bütün bu sorgulamalar gerçekten gerekli miydi?

¿El representante autorizado tenía que venir personalmente?

Yetkili temsilcinin bizzat gelmesi gerekli miydi?

¿Había que informar a toda la familia inocente?

Masum ailenin tamamının bilgilendirilmesi mi gerekiyordu?

Todas estas consideraciones impulsaron a Gregor a actuar.

Tüm bu hususlar Gregor'u harekete geçirdi.

Se levantó de la cama con todas sus fuerzas.

Tüm gücüyle kendini yataktan fırlattı.

Se escuchó un fuerte estallido, pero no era realmente un ruido.

Yüksek bir patlama sesi duyuldu, ama aslında gürültü sayılmazdı.

La caída había sido ligeramente suavizada por la alfombra.

Halı, düşüşün etkisini biraz yumuşatmıştı.

Su espalda era más elástica de lo que Gregor había pensado.

Sırtı, Gregor'un düşündüğünden daha esnekti.

Así que el sonido era más apagado y no tan perceptible.

Bu nedenle ses daha boğuktu ve o kadar dikkat çekici değildi.
Pero no había cuidado su cabeza durante la caída.
Ama düşüş sırasında başını korumamıştı.
Y cuando golpeó el suelo también se golpeó la cabeza.
Yere düştüğünde kafasını da çarptı.
Se frotó la cabeza contra la alfombra con rabia y dolor.
Öfke ve acıyla başını halıya sürdü.
Pero el gerente de la habitación de al lado escuchó el ruido.
Ancak yan odadaki müdür gürültüyü duydu.
"Algo cayó allí", observó correctamente.
"İçine bir şey düştü," diye doğru bir şekilde gözlemledi.
Gregor intentó imaginarse al gerente en su situación.
Gregor, müdürü kendi durumunda hayal etmeye çalıştı.
"¿Podría pasarle lo mismo a él?" se preguntó.
"Acaba aynı şey onun başına da gelebilir mi?" diye düşündü.
Aceptó que este extraño acontecimiento pudiera ser posible.
Bu garip olayın mümkün olabileceğini kabul etti.
Y entonces el jefe de oficina dio unos pasos hacia la habitación.
Ardından baş katip odaya doğru birkaç adım attı.
Fue casi una respuesta burda a la pregunta que hizo.
Sorduğu soruya neredeyse kaba bir cevap vermişti.
Sus botas de cuero crujieron cuando se acercó a la puerta.
Kapıya yaklaşırken deri çizmeleri gıcırdadı.
Desde la habitación de su derecha su criada le susurró:
Sağındaki odadan hizmetçisi ona fısıldadı.
Gregor, el representante autorizado está aquí.
"Yetkili temsilci Gregor burada."
—Lo sé —dijo Gregor, pero sólo en voz baja, para sí mismo.
"Biliyorum," dedi Gregor, ama bunu sadece kendi kendine sessizce söyledi.
No se atrevió a levantar la voz por encima de un susurro.
Sesini fısıltıdan daha yüksek çıkarmaya cesaret edemedi.
Porque Gregor no quería que su hermana lo oyera.
Çünkü Gregor kız kardeşinin onu duymasını istemiyordu.
—Gregor —dijo el padre desde la habitación de la izquierda.
"Gregor," dedi baba soldaki odadan.

"El gerente ha venido a comprobar cuál es el problema".

"Müdür sorunun ne olduğunu kontrol etmeye geldi."

"Él te preguntó por qué no saliste en el tren temprano."

"Erken kalkan trenle neden ayrılmadığınızı sordu."

"No sabemos qué decirle", dijo el padre.

"Ona ne diyeceğimizi bilmiyoruz," dedi baba.

"Por cierto, también quiere hablar contigo personalmente."

"Bu arada, sizinle şahsen de görüşmek istiyor."

"Por favor, abre la puerta para que pueda hablar contigo."

"Lütfen kapıyı açın, böylece sizinle konuşabilsin."

"Tendrá la amabilidad de disculpar el desorden en la habitación".

"Odadaki dağınıklığı mazur görecektir."

"Buenos días, señor Samsa", le saludó el gerente.

"Günaydın, Bay Samsa," diye seslendi müdür ona.

Y ciertamente le habló de manera amistosa.

Ve gerçekten de onunla dostane bir şekilde konuştu.

"No está bien", le dijo la madre al gerente.

"Durumu iyi değil," dedi anne müdüre.

"No se encuentra bien en absoluto, créame, querido gerente."

"İnanın bana, sevgili müdürüm, durumu hiç iyi değil."

¿Por qué si no, Gregor perdería el tren de la mañana?

"Gregor'un sabah trenini kaçırmasının başka ne sebebi olabilir ki?"

"El chico no tiene nada en la cabeza excepto el negocio."

"Çocuğun aklında işten başka hiçbir şey yok."

"Casi me molesta que no haga nada más".

"Başka hiçbir şey yapmaması neredeyse canımı sıkıyor."

"Me gustaría que saliera por las noches a tomar aire fresco".

"Keşke akşamları dışarı çıkıp biraz temiz hava alsaydı."

"Estuvo en la ciudad ocho días por negocios."

"İş için sekiz günlüğüne şehirdeydi."

"Pero él estaba en casa todas esas noches"

"Ama o akşamların her birinde evdeydi."

"Se sienta en nuestra mesa y lee el periódico".

"Masamıza oturup gazete okuyor."

"En otras ocasiones, estudia los horarios de los trenes."

"Başka zamanlarda ise trenlerin sefer saatlerini inceliyor."
"A veces se mantiene ocupado con la carpintería".
"Bazen marangozlukla uğraşarak kendini meşgul ediyor."
"Por ejemplo, talló un pequeño marco de madera para cuadros".
"Örneğin, küçük bir tahta resim çerçevesi oydu."
"Estuvo ocupado con la sierra durante dos o tres tardes".
"İki ya da üç akşam boyunca testereyle meşgul oldu."
"Te sorprenderá lo bonito que es el marco de fotos".
"Resim çerçevesinin ne kadar güzel olduğuna şaşıracaksınız."
"Ha colgado el marco de fotos en su habitación."
"Resim çerçevesini odasına astı."
"Cuando abra la puerta veréis su carpintería."
"Kapıyı açtığında ahşap işçiliğini göreceksiniz."
"Por cierto, me alegro de que esté aquí, señor Prokurist".
"Bu arada, burada olmanızdan memnuniyet duyuyorum, Sayın Prokurist."
"Solos no habríamos podido lograr que Gregor abriera la puerta."
"Gregor'un kapıyı açmasını tek başımıza sağlayamazdık."
"Es muy terco", le confesó su madre al empleado.
"Çok inatçı," diye itiraf etti annesi memura.
"Ciertamente está enfermo, aunque antes lo negó".
"Daha önce bunu inkar etse de, kesinlikle hasta."
"Estaré allí enseguida", dijo Gregor lentamente y con cuidado.
"Hemen geliyorum," dedi Gregor yavaş ve dikkatli bir şekilde.
Pero no hizo ningún movimiento hacia la puerta de la habitación.
Ama odanın kapısına doğru hiçbir hareket yapmadı.
No quería perderse ni una palabra de la conversación.
Konuşmanın tek bir kelimesini bile kaçırmak istemiyordu.
El secretario jefe estuvo de acuerdo con la evaluación de la madre.
Baş katip, annenin değerlendirmesine katıldı.
-Tampoco puedo explicarlo de otra manera, señora.
"Bunu başka türlü açıklayamam hanımefendi."

"Esperemos que no tenga ninguna enfermedad grave", dijo.
"Umarım ciddi bir hastalığı yoktur," dedi.
"Por otro lado, es un peligro en nuestra industria".
"Öte yandan, bu bizim sektörümüzde bir risk teşkil ediyor."
"Nosotros, los empresarios, a menudo tenemos que superar el malestar."
"Biz iş insanları çoğu zaman rahatsız edici durumların üstesinden gelmek zorundayız."
"Los profesionales simplemente tienen que aguantar los dolores leves".
"Profesyonellerin ufak tefek ağrılara katlanmaları gerekiyor."
Mientras tanto su padre volvió a llamar a la otra puerta.
Bu sırada babası diğer kapıyı tekrar çaldı.
"¿Puede entrar ahora el jefe de oficina?" quiso saber.
"Baş katip şimdi içeri girebilir mi?" diye sordu.
"No, no puede", respondió Gregor a la pregunta de su padre.
Gregor babasının sorusuna "Hayır, yapamaz" diye yanıtladı.
Un silencio incómodo cayó en la habitación de la izquierda.
Soldaki odada garip bir sessizlik çöktü.
En la habitación de la derecha la hermana comenzó a sollozar.
Sağdaki odada kız kardeş hıçkıra hıçkıra ağlamaya başladı.
¿Por qué la hermana no se había ido a estar con los demás?
Kız kardeş neden diğerlerinin yanına gitmemişti?
Probablemente acababa de levantarse de la cama, pensó.
Muhtemelen daha yeni yataktan kalkmıştı, diye düşündü.
Es posible que ni siquiera haya empezado a vestirse todavía.
Belki de henüz giyinmeye bile başlamamıştı.
Pero Gregor no podía entender por qué ella lloraba.
Ama Gregor onun neden ağladığını anlayamadı.
¿Fue porque no se levantó y dejó entrar al gerente?
Acaba kalkıp müdürün içeri girmesine izin vermediği için miydi?
¿Fue porque estaba en peligro de perder su trabajo?
İşini kaybetme tehlikesiyle karşı karşıya olduğu için miydi?
¿Podría el jefe venir a buscar a los padres como antes?

Patron daha önce olduğu gibi ebeveynlerin peşine düşebilir
mi?

¿Iba a volver a hacerles las mismas exigencias de siempre?
Onlardan eski taleplerini tekrar mı dile getirecekti?

**Estas cosas probablemente no hacían que hubiera que
preocuparse.**
Bu konularda endişelenmeye muhtemelen gerek yoktu.

Por el momento no tenía motivos para llorar.
Şimdilik ağlaması için hiçbir sebep yoktu.

Gregor todavía estaba allí, manteniendo a la familia.
Gregor hâlâ buradaydı ve ailesinin geçimini sağlıyordu.

Y nunca tuvo intención de abandonar a la familia.
Ve ailesini terk etme niyeti hiç olmamıştı.

**Por el momento, simplemente permaneció tendido sobre la
alfombra.**
Şimdilik halının üzerinde öylece yatıyordu.

La familia desconocía la condición en la que se encontraba.
Aile, onun ne durumda olduğunu bilmiyordu.

Si lo hubieran sabido no habrían animado a su jefe.
Bunu bilselerdi patronunu cesaretlendirmezlerdi.

Ni siquiera habrían dejado entrar al gerente a la casa.
Müdürlerini bile eve almazlardı.

No habría sido particularmente grosero rechazarlo.
Onu geri çevirmek özellikle kaba bir davranış olmazdı.

**Fácilmente podría haber encontrado una excusa adecuada
más tarde.**
Daha sonra kolayca uygun bir bahane bulabilirdi.

No era algo por lo que lo hubieran podido despedir.
Bu, işten çıkarılmasını gerektirecek bir şey değildi.

**Gregor pensó que ahora sería más sensato que lo dejaran
solo.**
Gregor, artık yalnız bırakılmanın daha mantıklı olacağını
düşündü.

Molestarlo con llantos y conversaciones no sirvió de mucho.
Ağlayarak ve konuşarak onu rahatsız etmek pek bir işe
yaramadı.

Pero fue la incertidumbre lo que molestó a los demás.

Ama diğerlerini rahatsız eden şey belirsizlikti.
Y fue esta incertidumbre la que justificó su comportamiento.
Ve onların davranışlarını mazur gösteren de bu belirsizlikti.
—¡Señor Samsa! —gritó el gerente en voz alta.
"Bay Samsa," diye seslendi müdür yüksek sesle.
"¿Qué te pasa?" quiso saber.
"Sana ne oluyor?" diye sordu.
"Te has atrincherado en tu habitación."
"Kendinizi odanıza kilitlediniz."
"Solo puedes responder con un 'sí' o un 'no'."
"Sadece 'evet' veya 'hayır' şeklinde yanıt vermeniz gerekiyor."
"Estás causando serias preocupaciones a tus padres."
"Anne babanıza ciddi endişeler yaşatıyorsunuz."
"No veo ninguna buena razón para preocuparlos".
"Onları endişelendirecek mantıklı bir sebep göremiyorum."
"Hay otra cosa más que mencionaré de paso."
"Bir de kısaca değinmek istiyorum."
**"También estás descuidando tus obligaciones comerciales
hacia nosotros".**
"Ayrıca bize karşı olan ticari sorumluluklarınızı da ihmal
ediyorsunuz."
"Esa irresponsabilidad está totalmente fuera de tu carácter".
"Böyle bir sorumsuzluk sizin karakterinize hiç uymuyor."
"Hablo aquí en nombre de tus padres y de tu jefe".
"Burada sizin anne babanız ve patronunuz adına
konuşuyorum."
"Y os pido una explicación inmediata y clara."
"Sizden derhal ve net bir açıklama rica ediyorum."
"Todo esto realmente me sorprende, debo decir".
"Bu olay beni gerçekten çok şaşırtıyor, itiraf etmeliyim."
**"Pensé que te conocía como una persona tranquila y
razonable."**
"Sizi sakin ve mantıklı bir insan olarak tanıdığımı
sanıyordum."
"Pero ahora nos estás mostrando un lado diferente de ti".
"Ama şimdi bize kendinizin farklı bir yönünü
gösteriyorsunuz."

"De repente estás mostrando tus caprichos tan peculiares."

"Birdenbire çok tuhaf kaprislerinizi göstermeye başladınız."

"Pero podría haber una explicación para tu fracaso".

"Ama başarısızlığınızın bir açıklaması olabilir."

"El jefe mencionó una deuda que usted había cobrado para nosotros."

"Patron, sizin bizim için tahsil ettiğiniz bir borçtan bahsetti."

"Le di al jefe mi palabra de honor en tu nombre".

"Sizin adınıza patrona şeref sözü verdim."

"Pero ahora veo tu incomprensible terquedad."

"Ama şimdi senin anlaşılmaz inatçılığını görüyorum."

"Aún podría perder todo mi deseo de ayudarte."

"Size yardım etme isteğimi tamamen kaybedebilirim."

"Su seguridad laboral no es en absoluto totalmente estable".

"İş güvenliğiniz kesinlikle tamamen istikrarlı değil."

"Originalmente tenía la intención de contarte todo esto en privado".

"Başlangıçta tüm bunları size özel olarak anlatmayı planlıyordum."

"Pero ahora veo que quieres que pierda mi tiempo aquí".

"Ama şimdi anlıyorum ki burada zamanımı boşa harcamamı istiyorsunuz."

"Así que no veo ninguna razón por la que tus padres no deberían saberlo."

"Bu yüzden anne babanızın bilmemesi için hiçbir sebep göremiyorum."

"Su desempeño reciente no ha sido satisfactorio."

"Son dönemdeki performansınız tatmin edici değildi."

"Reconozco que las ventas son más lentas en esta época del año".

"Yılın bu zamanında satışların daha yavaş olduğunu kabul ediyorum."

"Pero no hay época del año en que no haya ventas".

"Ama yılın hiçbir döneminde satış yapılmaz diye bir şey yok."

Por un momento Gregor olvidó todo lo que le rodeaba.

Gregor bir an için etrafındaki her şeyi unuttu.

—¡Pero señor Prokurist! —gritó Gregor desesperado.

"Ama Bay Prokurist!" diye bağırdı Gregor çaresizlik içinde.

"Abriré la puerta enseguida, ahora mismo, no te preocupes."

"Kapıyı hemen şimdi açacağım, merak etmeyin."

"El problema es que me he estado sintiendo bastante mal."

"Sorun şu ki, kendimi oldukça iyi hissetmiyorum."

"Mi mareo me impidió llegar a la puerta."

"Baş dönmem kapıya ulaşmamı engelledi."

"Todavía estoy en cama, pero me siento mucho mejor."

"Hâlâ yatakta yatıyorum ama kendimi çok daha iyi hissediyorum."

"Un momento por favor, me estoy levantando de la cama."

"Bir dakika lütfen, yataktan yeni kalkıyorum."

"Un momento de paciencia es todo lo que pido, señor Prokurist."

"Sayın Prokurist, sizden sadece biraz sabır rica ediyorum."

"No va tan bien como pensaba, pero estaré bien".

"Beklediğim kadar iyi gitmiyor ama iyileşeceğim."

"¿Cómo puede sucederle algo así a una persona tan rápidamente?"

"Böyle bir şey bir insanın başına bu kadar kısa sürede nasıl gelebilir?"

"Me sentí bien anoche, mis padres lo saben."

"Dün gece kendimi gayet iyi hissediyordum, bunu ailem biliyor."

"Pero quizá ya tuve una pequeña premonición entonces."

"Ama belki o zaman bile az çok bir önsezim vardı."

"Quizás te preguntes por qué no lo reporté en la oficina".

"Belki de neden bunu ofise bildirmediğimi soruyorsunuzdur."

"Pensé que me sentiría mucho mejor por la mañana".

"Sabah kendimi çok daha iyi hissedeceğimi düşünmüştüm."

"Uno siempre piensa que para entonces ya habrá superado la enfermedad."

"İnsan her zaman o zamana kadar hastalığı yeneceklerini düşünür."

"¡Pero por favor! ¡Libera a mis padres de estas acusaciones!"

"Ama lütfen! Anne babamı bu suçlamalardan koruyun!"

"No me han dicho ni una palabra de lo que me contaste."

"Bana anlattıklarınızdan tek kelime bile duymadım."
"Puede que no hayas leído las últimas órdenes que envié".
"Gönderdiğim son emirleri okumamış olabilirsiniz."
"Por cierto, no tienes que preocuparte por mí hoy."
"Bu arada, bugün benim için endişelenmenize gerek yok."
"Aun así voy a tomar el tren de las ocho."
"Yine de saat sekizdeki trene bineceğim."
"Las pocas horas de descanso me han fortalecido bastante".
"Birkaç saatlik dinlenme beni yeterince güçlendirdi."
"Realmente no hay necesidad de esperar, gerente."
"Beklemenize gerçekten gerek yok, yöneticim."
"Yo también estaré en la oficina muy pronto."
"Ben de çok yakında ofiste olacağım."
"Y por favor, ten la amabilidad de decirme algo bueno".
"Ve lütfen benim için iyi bir referans olur musunuz?"
Gregor había pronunciado su explicación con bastante precipitación.
Gregor açıklamasını oldukça aceleyle yapmıştı.
Apenas sabía lo que realmente estaba tratando de decir.
Gerçekte ne söylemeye çalıştığının farkında bile değildi.
Se acercó a la caja y trató de usarla para ponerse de pie.
Kutuya gitti ve onu kullanarak ayağa kalkmaya çalıştı.
Realmente tenía toda la intención de abrir la puerta.
Kapıyı açmaya gerçekten de niyetliydi.
Quería ser visto por el representante autorizado.
Yetkili temsilci tarafından görülmek istedi.
Y quería resolver el problema con él personalmente.
Ve sorunu onunla bizzat çözmek istedi.
Estaba ansioso por saber cómo reaccionarían los demás ante él.
Diğerlerinin kendisine nasıl tepki vereceğini öğrenmek için can atıyordu.
Ya deben estar ansiosos por ver cómo está.
Onlar da artık onun nasıl olduğunu görmek için sabırsızlanıyor olmalılar.
Había dos formas posibles en las que podían reaccionar ante él.

Ona karşı verebilecekleri iki olası tepki vardı.
Una posibilidad era que estuvieran asustados.
Olasılıklardan biri de korkmuş olmalarıydı.
Si estaban asustados entonces él no tenía ninguna responsabilidad.
Eğer onlar korkmuşlarsa, onun hiçbir sorumluluğu yoktu.
Y entonces no tendría que preocuparse por la situación.
O zaman da durum hakkında endişelenmesine gerek kalmazdı.
Pero también había otra posibilidad en la que pensar.
Ancak düşünülmesi gereken başka bir olasılık daha vardı.
Quizás aceptarían con calma su forma de ser.
Belki de onun olduğu gibi kalmasını sakince kabul ederlerdi.
Entonces Gregor tampoco tendría motivos para enojarse.
O zaman Gregor'un da üzülmek için hiçbir sebebi kalmazdı.
Todavía habría tiempo suficiente para coger el tren.
Treni yakalamak için hâlâ yeterli zaman olurdu.
Sin embargo, mantenerse en pie no fue una tarea fácil.
Ancak, dik durmak hiç de kolay bir iş değildi.
En sus primeros intentos se resbaló de la caja.
İlk birkaç denemesinde kutunun üzerinden kaydı.
La caja era demasiado lisa para que él pudiera apoyarse contra ella.
Kutunun yüzeyi o kadar pürüzsüzdü ki, onun yanından ayakta durması mümkün değildi.
Y finalmente se dio un último empujón para ponerse de pie.
Ve sonunda ayağa kalkmak için kendine son bir gayret gösterdi.
Ya no le prestó más atención al dolor en su abdomen.
Karnındaki ağrıya artık hiç aldırış etmedi.
No importaba cuánto dolor sintiera, él lo superaría.
Acı ne kadar büyük olursa olsun, üstesinden gelirdi.
Se dejó caer contra el respaldo de una silla cercana.
Yakındaki bir sandalyenin arkasına yaslandı.
Y se agarró a los bordes con sus pequeñas piernas.
Ve küçük bacaklarıyla kenarlara tutundu.
En ese momento ya tenía más control de sí mismo.

Bu noktada kendini daha iyi kontrol altına almıştı.
Y su caída fue más silenciosa que la anterior.
Ve onun düşüşü bir öncekinden daha sessiz oldu.
Porque tenía que escuchar lo que decía el gerente.
Çünkü müdürün söylediklerini dinlemek zorundaydı.
¿Entendieron algo de eso?, preguntó a los padres.
"Bunlardan herhangi birini anladınız mı?" diye sordu
ebeveynlere.
"No se burlaría de nosotros, ¿verdad?"
"Bizi aptal yerine koymazdı, değil mi?"
—¡Por Dios! —gritó la madre, ya llorando.
"Allah aşkına!" diye bağırdı anne, zaten ağlıyordu.
**"Puede que esté gravemente enfermo y lo estamos
atormentando".**
"Ciddi şekilde hasta olabilir ve biz ona eziyet ediyoruz."
"¡Grete! ¡Grete!", le gritó a la hija.
"Grete! Grete!" diye bağırdı kızına.
"¿Mamá?" llamó la hermana desde el otro lado.
"Anne?" diye seslendi kız kardeş diğer taraftan.
Luego se comunicaron a través de la habitación de Gregor.
Daha sonra Gregor'un odası aracılığıyla iletişim kurdular.
Gregor está muy enfermo y necesita medicamentos.
"Gregor çok hasta ve ilaç alması gerekiyor."
"Tendrás que ir al médico inmediatamente."
"Hemen doktora gitmeniz gerekecek."
¿Escuchaste cómo habló Gregor hace un momento?
"Gregor'un az önce nasıl konuştuğunu duydun mu?"
"Esa era la voz de un animal", dijo el gerente.
"Bu bir hayvanın sesiydi," dedi müdür.
**Sus palabras eran silenciosas comparadas con los gritos de la
madre.**
Onun sözleri, annenin çığlıklarına kıyasla çok daha sessizdi.
—¡Anna! ¡Anna! —llamó el padre desde la antesala.
"Anna! Anna!" diye seslendi baba antreden.
Y aplaudió para llamar su atención.
Ve dikkatlerini çekmek için ellerini çırptı.

"¡Llama a un cerrajero inmediatamente!" le ordenó a la criada.

"Hemen bir çilingir çağırın!" diye emretti hizmetçiye.

Las muchachas, con sus faldas, corrían por la antesala.

Kızlar etekleriyle antreden koşarak geçtiler.

Y sus faldas crujieron mientras corrían frente a su habitación.

Odasının önünden koşarlarken etekleri hışırdadı.

"¿Cómo se vistió la hermana tan rápido?" pensó.

"Kız kardeş nasıl bu kadar çabuk giyindi?" diye düşündü.

La puerta se abrió de golpe, pero no se cerró de golpe.

Kapı zorla açılmıştı ama sertçe kapatılmamıştı.

Esto es común en los hogares donde ocurre una gran desgracia.

Bu durum, büyük bir felaketin yaşandığı evlerde sıkça görülür.

Pero todo esto había hecho que Gregor se volviera mucho más tranquilo.

Ama tüm bunlar Gregor'un çok daha sakinleşmesini sağlamıştı.

Cuando escuchó sus propias palabras le parecieron claras.

Kendi sözlerini duyduğunda, bunlar ona açık ve net görünmüştü.

De hecho, sintió que sus palabras habían sido más claras.

Aslında sözlerinin daha açık olduğunu düşünüyordu.

Pero los demás ya no entendían lo que decía.

Ama diğerleri artık onun ne dediğini anlamıyordu.

Quizás ya se había acostumbrado a sus oídos.

Belki de artık kulaklarına alışmıştı.

Pero al menos ahora entendían mejor su situación.

Ama en azından artık onun durumunu daha iyi anlıyorlardı.

Se dieron cuenta de que realmente había algo mal con él.

Onunla ilgili gerçekten bir sorun olduğunu anladılar.

Y ahora estaban haciendo todo lo que podían para ayudarlo.

Ve şimdi ona yardım etmek için ellerinden gelen her şeyi yapıyorlardı.

Esto le dio a Gregor una sensación de confianza que le faltaba.
Bu durum Gregor'a özlediği özgüven duygusunu kazandırdı.
Y se sintió nuevamente mucho más seguro en la familia.
Ve aile içinde kendini yeniden çok daha güvende hissetti.
Se sintió incluido nuevamente en el círculo humano.
İnsanlık camiasının bir parçası olduğunu yeniden hissetti.
Ahora tenía que esperar que el cerrajero pudiera abrir la puerta.
Şimdi tek umudu çilingirin kapıyı açabilmesiydi.
Y esperaba que el médico pudiera realizar tales tareas.
Ve doktorun bu tür görevleri yerine getirebileceğini umuyordu.
Pronto tendría que hablar más.
Yakında tekrar konuşmak zorunda kalacaktı.
Su voz tendría que ser lo más clara posible.
Sesinin olabildiğince net olması gerekiyordu.
Para prepararse para la reunión se aclaró la garganta.
Toplantıya hazırlanmak için boğazını temizledi.
Sin embargo, hizo todo lo posible para toser muy silenciosamente.
Ancak, elinden geldiğince sadece çok hafifçe öksürmeye çalıştı.
El ruido podría haber sonado diferente a una tos humana.
Bu ses, insan öksürüğünden farklı gelmiş olabilir.
Sabía que ya no podía diferenciar esas cosas.
Artık bu tür şeyleri birbirinden ayırt edemeyeceğini biliyordu.
En la habitación contigua reinaba un silencio absoluto.
Yan odada tamamen sessizlik hakim olmuştu.
Los padres probablemente estaban sentados a la mesa.
Anne ve baba muhtemelen masada oturuyorlardı.
Quizás estaban susurrando con el gerente.
Müdürle fısıldaşıyor olabilirlerdi.
Quizás todos estaban apoyados en la puerta y escuchando.
Belki de herkes kapıya yaslanmış dinliyordu.
Gregor empujó lentamente la silla hacia la puerta.
Gregor sandalyeyi yavaşça kapıya doğru itti.

Empujó la puerta y se mantuvo en pie.

Kapıya yaslandı ve kendini dik tuttu.

Se enteró de que las almohadillas de sus pies tenían un poco de pegamento.

Ayak tabanlarında az miktarda yapıştırıcı olduğunu öğrendi.

Y descansó allí un momento del esfuerzo.

Ve yorgunluktan bir anlığına orada dinlendi.

Después de descansar lo suficiente, comenzó con la siguiente tarea.

Yeterince dinlendikten sonra, bir sonraki göreve başladı.

Empezó a girar la llave en la cerradura con la boca.

Ağzıyla kilidin içindeki anahtarı çevirmeye başladı.

Desafortunadamente, parecía que no tenía dientes reales.

Ne yazık ki, gerçek dişlerinin olmadığı anlaşıldı.

¿Pero qué otra forma tenía de conseguir las llaves?

Peki anahtarları ele geçirmek için başka ne yolu vardı ki?

Afortunadamente para él, sus mandíbulas eran, por supuesto, muy fuertes.

Neyse ki çenesi elbette çok güçlüydü.

Con la ayuda de sus mandíbulas realmente consiguió mover la llave.

Çenelerinin yardımıyla anahtarı gerçekten de hareket ettirmeyi başardı.

No tenía ninguna duda de que él también se estaba haciendo daño.

Kendine de zarar verdiğinden hiç şüphesi yoktu.

Porque de su boca salía un líquido marrón.

Çünkü ağzından kahverengi bir sıvı geliyordu.

El líquido marrón fluyó sobre la llave y por la puerta.

Kahverengi sıvı anahtarın üzerinden akarak kapının aşağısına doğru yayıldı.

Pero a Gregorio no le importaba hacerse daño a sí mismo.

Ancak Gregor kendine zarar verdiğini umursamıyordu.

"¿Puedes oír eso?" dijo el gerente en la habitación de al lado.

Yan odadaki müdür, "Bunu duyabiliyor musunuz?" dedi.

"Está girando la llave", había notado el gerente.

"Anahtarı çeviriyor," diye fark etmişti müdür.

Estas palabras fueron un gran estímulo para Gregor.
Bu sözler Gregor için büyük bir cesaret kaynağı oldu.
Pero el padre y la madre también deberían haber gritado:
Ama anne ve baba da seslerini yükseltmeliydi:
«¡Bien, Gregor!», deberían haberle gritado.
"Aferin Gregor!" diye bağırmaları gerekirdi ona.
"Sigue adelante, sigue girando esa llave, puedes lograrlo".
"Devam et, anahtarı çevirmeye devam et, başarabilirsin."
Pero Gregor tuvo que imaginarse su emoción.
Ama Gregor onların heyecanını hayal etmek zorunda kaldı.
Apretó las mandíbulas con toda la fuerza que tenía.
Tüm gücüyle çenesini sıktı.
Y continuó girando la llave en la cerradura.
Ve anahtarı kilitte çevirmeye devam etti.
Dolorosamente su cuerpo se retorció en un círculo.
Vücudu acı içinde kendi etrafında bir daire çizerek döndü.
Ahora se mantenía erguido únicamente con la boca.
Artık sadece ağzıyla ayakta durabiliyordu.
Para seguir girando la llave presionó contra la puerta.
Anahtarı çevirmeye devam etmek için kapıya bastırdı.
Finalmente el chasquido de la cerradura despertó de nuevo a Gregor.
Sonunda kilidin açılma sesi Gregor'u tekrar uyandırdı.
"Así que no necesité al cerrajero", suspiró aliviado.
"Yani çilingire ihtiyacım yokmuş," diye içini çekti rahatlamış bir şekilde.
Ahora sólo faltaba abrir la puerta que había desbloqueado.
Şimdi tek yapması gereken, kilidini açtığı kapıyı açmaktı.
Y con la cabeza en el pomo abrió la puerta.
Ve kafasını kapı koluna yaslayarak kapıyı açtı.
Estaba detrás de la puerta que daba a su habitación.
Odasına açılan kapının ardındaydı.
Así que la puerta ya estaba abierta antes de que pudiera ser visto.
Dolayısıyla o görünmeden önce kapı çoktan açılmıştı.
A continuación tuvo que maniobrar para rodear la puerta.
Ardından kapının etrafından dolaşmak zorunda kaldı.

Este difícil movimiento también requirió mucho esfuerzo.

Bu zorlu hareket aynı zamanda çok çaba gerektirdi.

No quería caer torpemente en la habitación contigua.

Yan odaya sakarca düşmek istemiyordu.

Así que no tuvo tiempo de prestar atención a nada más.

Bu yüzden başka hiçbir şeye dikkat edecek vakti kalmadı.

Pero entonces oyó al jefe de oficina exclamar en voz alta: "¡Oh!".

Ama sonra baş katibin yüksek sesle "Ah!" dediğini duydu.

Sonaba como si el viento corriera a través de la casa.

Evin içinden adeta rüzgar esiyormuş gibi ses geliyordu.

Resultó que él era el que estaba más cerca de la puerta.

Kapıya en yakın olan kişi oydu.

Y al verlo, se llevó la mano a la boca.

Ve şimdi onu görünce elini ağzına götürdü.

Se movió lentamente hacia atrás, alejándose de Gregor.

Yavaşça geriye doğru, Gregor'dan uzaklaştı.

Pero era como si una fuerza invisible actuara sobre él.

Ama sanki görünmez bir güç onun üzerinde etkili oluyordu.

Lo primero que hizo la madre fue mirar al padre.

Annenin ilk yaptığı şey babaya bakmak oldu.

A pesar de la presencia del gerente, su cabello estaba despeinado.

Müdür orada olmasına rağmen saçları dağınıktı.

Desplegó los brazos y dio dos pasos hacia adelante.

Kollarını açtı ve iki adım ileri attı.

Pero entonces se desplomó en medio de su falda.

Ama sonra eteğinin ortasında yere yığıldı.

Su vestido se extendió a su alrededor en el suelo.

Elbisesi yere serilerek etrafına dağıldı.

Y su cabeza desapareció sobre sus propios pechos.

Ve başı kendi göğüslerinin üzerine doğru kayboldu.

El padre apretó el puño con expresión hostil.

Baba, düşmanca bir ifadeyle yumruğunu sıktı.

Parecía querer que Gregor fuera empujado de nuevo a su habitación.

Gregor'u odasına geri itmek istiyor gibiydi.

Luego miró con incertidumbre alrededor de la sala de estar.
Ardından tereddütle oturma odasına bakındı.
Y finalmente se cubrió los ojos entre las manos.
Sonunda da elleriyle gözlerini kapattı.
Y lloró amargamente hasta que su poderoso pecho se estremeció.
Ve koca göğsü sarsılana kadar hıçkıra hıçkıra ağladı.
Gregor en realidad no entró en su habitación.
Gregor aslında onların odasına hiç girmedi.
En lugar de eso, se apoyó contra el marco de la puerta.
Bunun yerine kapı çerçevesine yaslandı.
Para los que estaban desde fuera solo era visible la mitad de su cuerpo.
Dışarıdakiler onun vücudunun sadece yarısını görebiliyordu.
Y encima de su cuerpo estaba su cabeza, inclinada hacia un lado.
Ve bedeninin üzerinde, yana doğru eğilmiş başı vardı.
Para entonces la luz se había vuelto mucho más brillante que antes.
Artık ışık eskisinden çok daha parlak hale gelmişti.
Ahora se podía ver claramente el otro lado de la calle.
Artık caddenin karşı tarafı net bir şekilde görülebiliyordu.
Apareció una sección del interminable y gris hospital.
Sonsuz, gri hastanenin bir bölümü kendini gösterdi.
La lluvia de la mañana aún no había parado del todo de caer.
Sabah yağmuru henüz tamamen dinmemişti.
Pero ahora las gotas de lluvia eran más grandes y estaban más separadas.
Ama şimdi yağmur damlaları daha büyüktü ve birbirlerinden daha uzaktaydılar.
Los platos del desayuno estaban en abundancia en la mesa.
Kahvaltılık yemekler masada bol miktarda bulunuyordu.
El padre pensaba que el desayuno era la comida más importante.
Baba, kahvaltıyı en önemli öğün olarak görüyordu.
El desayuno era una comida que se prolongaba durante horas.

Kahvaltıyı saatlerce uzattığı bir öğündü.
Y en esas horas leía los distintos periódicos.
Bu saatlerde çeşitli gazeteleri okudu.
Justo en la pared opuesta colgaba una fotografía de Gregor.
Tam karşı duvarda Gregor'un bir fotoğrafı asılıydı.
La fotografía en la pared lo mostraba como teniente.
Duvardaki fotoğrafta teğmen olarak görünüyordu.
Era una fotografía de su época en el ejército.
Bu, askerlik yaptığı dönemden kalma bir fotoğraftı.
Su mano estaba sobre su espada y tenía una sonrisa despreocupada.
Eli kılıcının üzerindeydi ve yüzünde kaygısız bir gülümseme vardı.
Su postura y su uniforme exigían cierto respeto.
Duruşu ve üniforması belli bir saygı gerektiriyordu.
La otra puerta que conducía a la antesala también estaba abierta.
Antreye açılan diğer kapı da açıktı.
Y la puerta del apartamento todavía estaba abierta también.
Dairenin kapısı da hâlâ açıktı.
Se podía ver hasta el patio delantero del apartamento.
Apartmanın ön avlusuna kadar her yer görülebiliyordu.
Y luego las escaleras conducían a la calle de abajo.
Ve sonra merdivenler aşağıya, sokağa iniyordu.
Gregor fue el único que mantuvo la compostura.
Gregor, soğukkanlılığını koruyan tek kişiydi.
Él vio esto, por lo que la conversación era su responsabilidad.
Bunu gördü, bu yüzden konuşma onun sorumluluğundaydı.
"Bueno, ahora me voy a vestir para ir a trabajar", dijo.
"Şimdi işe gitmek için giyineceğim," dedi.
"Después de haber empaquetado las muestras textiles, me iré."
"Tekstil örneklerini paketledikten sonra gideceğim."
"¿Aún tiene intención de dispararme, señor Prokurist?"
"Beni işten çıkarmayı hâlâ düşünüyor musunuz, Bay Prokurist?"

"Como puedes ver, no soy tan terco como pensabas."
"Gördüğünüz gibi, sandığınız kadar inatçı değilim."
"Y puedes ver que después de todo me gusta trabajar".
"Ve gördüğünüz gibi, sonuçta çalışmayı seviyorum."
"Puedo admitir que viajar por trabajo no es fácil".
"İş için seyahat etmenin kolay olmadığını kabul edebilirim."
"Pero también puedo aceptar que es parte de mi trabajo".
"Ama bunun işimin bir parçası olduğunu da kabul
edebiliyorum."
"Gerente, ¿adónde va? ¿De vuelta a la oficina?"
"Müdürüm, nereye gidiyorsunuz? Ofise mi?"
"¿Informarás verazmente de todo lo que has visto?"
"Gördüğünüz her şeyi doğru bir şekilde bildirecek misiniz?"
"A veces sucede que uno no puede ir a trabajar."
"Bazen insan işe gidemeyebilir."
"Este es el momento adecuado para recordar los logros
pasados".
"Geçmişteki başarıları hatırlamanın tam zamanı."
"Después de eliminar la dificultad, uno trabaja aún mejor."
"Zorluk ortadan kalktıktan sonra, işler daha da iyi gidiyor."
"Mi diligencia y concentración aumentarán".
"Çalışkanlığım ve konsantrasyonum artacak."
"Sabes muy bien que estoy en deuda con el jefe."
"Patrona borçlu olduğumu çok iyi biliyorsun."
"Pero también estoy preocupada por mis padres y mi
hermana".
"Ama aynı zamanda anne babam ve kız kardeşim için de
endişeleniyorum."
"Estoy en una situación difícil, pero encontraré la manera de
salir de ella".
"Zor bir durumdayım ama bunun üstesinden geleceğim."
"No hagas esto más difícil de lo que ya es."
"Zaten zor olan bu durumu daha da zorlaştırmayın."
"Como compañeros de trabajo también tenemos que
ayudarnos unos a otros".
"İş arkadaşları olarak birbirimize de yardımcı olmalıyız."

"Sé que a los trabajadores de oficina no les gustan los viajeros".

"Biliyorum ki ofis çalışanları seyahat edenlerden hoşlanmıyor."

"¿Crees que ganamos una fortuna y llevamos una buena vida?"

"Sizce biz çok para kazanıyor ve iyi bir hayat sürüyoruz."

"No tienen ningún motivo real para considerar sus prejuicios".

"Önyargılarını dikkate almaları için gerçek bir sebepleri yok."

"Pero usted, oficial autorizado, tiene un papel diferente."

"Ancak siz, yetkili memur olarak, farklı bir role sahipsiniz."

"Tienes una mejor visión general que el resto del personal".

"Diğer personele göre daha iyi bir genel bakışa sahipsiniz."

"De hecho, creo que probablemente tengas la mejor visión general".

"Aslında bence en iyi genel bakışa siz sahipsiniz."

"Tienes una visión mejor que el propio jefe".

"Patronun kendisinden daha iyi bir genel bakış açısına sahipsiniz."

"Admito que el jefe hace el trabajo empresarial".

"Patronun girişimcilik işini yaptığını kabul ediyorum."

"Pero es fácil que sus juicios sean erróneos."

"Ancak onun yargılarının yanıltılması kolaydır."

"Y estos pequeños errores de juicio pueden ser en nuestro detrimento".

"Ve bu küçük hatalar bizim zararımıza olabilir."

"Ya sabes lo fácil que es hablar del viajero."

"Yolculuk edenler hakkında konuşmanın ne kadar kolay olduğunu biliyorsunuz."

"Él no está allí para defender su reputación de los chismes".

"Orada itibarını dedikodulardan korumak için bulunmuyor."

"Esas acusaciones pueden fácilmente ser meras coincidencias".

"Bu suçlamalar kolaylıkla sadece tesadüf olabilir."

"Muchas quejas ni siquiera tienen su base en ninguna verdad."

"Birçok şikayetin gerçek bir temeli bile yok."
"Está fuera de la oficina casi todo el año."
"Yılın neredeyse tamamında ofiste değil."
¿Qué posibilidades tiene de defender su propia reputación?
"Kendi itibarını savunmak için ne gibi bir şansı olabilir ki?"
"Ni siquiera se entera de las acusaciones".
"Suçlamaları duymasına bile fırsat bulamıyor."
"Se entera de lo que se ha dicho cuando ya es demasiado tarde."
"Söylenenleri ancak çok geç olduğunda öğreniyor."
A estas alturas ya está exhausto por el viaje del día.
"O aşamada günün yolculuğundan dolayı bitkin düşmüş olur."
"De todos modos, tendrá que experimentar las terribles consecuencias".
"Her halükarda bu korkunç sonuçları yaşamak zorunda kalacak."
"Aunque no tiene forma de entender el problema."
"Sorunu anlamasının hiçbir yolu olmamasına rağmen."
"Oh, gerente, no se vaya sin decirme una palabra".
"Müdürüm, bana bir şey söylemeden gitmeyin lütfen."
"Al menos dime que estás de acuerdo conmigo en parte."
"En azından benimle kısmen aynı fikirde olduğunu söyle."
Pero el manager se había alejado de Gregor mucho antes.
Ancak menajer, Gregor'dan çok daha önce yüz çevirmişti.
Su hombro se contrajo cuando volvió a mirar a Gregor.
Gregor'a baktığında omzu seğirdi.
Y no se quedó quieto ni un solo momento durante su discurso.
Konuşma boyunca bir an bile yerinde durmadı.
Él había mirado a Gregor con los labios fruncidos.
Dudaklarını büzerek Gregor'a bakıyordu.
Se había ido retirando gradualmente hacia la puerta.
Yavaş yavaş kapıya doğru geri çekiliyordu.
Pero tampoco podía apartar la mirada de Gregor.
Ama o da gözlerini Gregor'dan alamıyordu.

Sintió como si hubiera una prohibición secreta de salir de la habitación.
Odayı terk etmesinin gizlice yasaklandığını hissetti.
Pero a estas alturas ya estaba en el vestíbulo de entrada.
Ancak bu aşamada o zaten giriş holündeydi.
Y ahora hizo un movimiento repentino hacia la salida.
Ve şimdi aniden çıkışa doğru bir hareket yaptı.
Extendió su mano derecha hacia las escaleras.
Sağ elini merdivenlere doğru uzattı.
Quizás una fuerza sobrenatural estaba esperando para salvarlo.
Belki de onu kurtarmak için doğaüstü bir güç bekliyordu.
Gregor sabía que no podía permitir que se fuera así.
Gregor onun bu şekilde gitmesine izin veremeyeceğini biliyordu.
El gerente no debe regresar con el mismo humor en el que estaba.
Yönetici, o anki ruh haliyle geri dönmemeli.
La seguridad del trabajo de Gregor estaba en grave peligro.
Gregor'un işinin güvenliği büyük risk altındaydı.
Los padres no podían comprender plenamente todo esto.
Anne ve baba tüm bunları tam olarak anlayamadılar.
Con los años se habían acostumbrado a su seguridad laboral.
Yıllar geçtikçe onun iş güvencesine alışmışlardı.
Y se convencieron de que tenía el trabajo de por vida.
Ve onun ömür boyu bu işte kalacağına ikna olmuşlardı.
En lugar de eso, se habían ocupado de otras preocupaciones.
Bunun yerine başka endişelerle meşgul olmaya başlamışlardı.
Pero estas preocupaciones les hicieron perder toda previsión.
Ancak bu endişeler onların öngörülerini tamamen kaybetmelerine yol açtı.
Gregor, sin embargo, no había perdido la previsión paterna.
Gregor ise ebeveynlerinin öngörüsünü kaybetmemişti.
Alguien tenía que detener al representante autorizado.
Birinin yetkili temsilciyi durdurması gerekiyordu.
Iba a tener que calmarlo y convencerlo.
Onu sakinleştirmesi ve ikna etmesi gerekecekti.

¡El futuro de Gregor y su familia dependía de ello!

Gregor ve ailesinin geleceği buna bağlıydı!

Ojalá la inteligente hermana hubiera estado allí para ayudar.

Keşke zeki kız kardeş burada olup yardım edebilseydi.

Ella ya había llorado cuando Gregor todavía estaba en su habitación.

Gregor daha odasındayken o çoktan ağlamıştı.

En ese momento él simplemente yacía tranquilamente boca arriba.

O sırada sırtüstü sessizce yatıyordu.

Ella ya sabía entonces la importancia de la situación.

O zaman bile durumun önemini biliyordu.

El gerente tenía una debilidad bien conocida por las mujeres.

Müdürün kadınlara karşı bilinen bir zaafı vardı.

Ella fácilmente podría haberlo persuadido para que se quedara más tiempo.

Onu daha uzun süre kalmaya kolayca ikna edebilirdi.

Ella habría cerrado la puerta y lo habría guiado adentro.

Kapıyı kapatıp onu içeriye geri yönlendirirdi.

Pero desafortunadamente la hermana había ido a buscar un médico.

Ama ne yazık ki kız kardeş doktora gitmişti.

Así que Gregor no tuvo más remedio que hacerlo él mismo.

Bu nedenle Gregor'un bunu bizzat kendisinin yapmaktan başka seçeneği yoktu.

No había considerado cuáles eran realmente sus habilidades.

Gerçek yeteneklerinin ne olduğunu hiç düşünmemişti.

Y se había olvidado de desconfiar de su capacidad de hablar.

Ve konuşma yeteneğine olan güvensizliğini unutmuştu.

Pero aún así, abandonó la seguridad de su habitación.

Ama yine de odasının güvenli ortamını terk etti.

Y se abrió paso a través de la abertura de la habitación.

Ve odanın girişinden kendini zorla içeri itti.

El gerente ya estaba bajando las escaleras.

Müdür çoktan merdivenlerden aşağı inmeye başlamıştı.

Pero él se agarraba a la barandilla con ambas manos.

Ama o, iki eliyle de korkuluklara tutunuyordu.
Gregor se cayó mientras intentaba atravesar la puerta.
Gregor kapıdan geçerken düştü.
Dejó escapar un pequeño grito mientras trataba de agarrar algo para apoyarse.
Destek ararken hafifçe çığlık attı.
Pero en lugar de pánico, sintió un bienestar físico.
Ancak paniklemek yerine, fiziksel bir iyilik hali hissetti.
Por primera vez esa mañana algo se sintió bien.
O sabah ilk defa bir şeyler yolunda gibi geldi.
Todas sus piernas ahora tenían tierra sólida debajo de ellas.
Artık bacaklarının her birinin altında sağlam bir zemin vardı.
Se sorprendió de lo bien que podía controlar sus piernas.
Bacaklarını ne kadar iyi kontrol edebildiğine şaşırdı.
Se alegró de notar que sus piernas le obedecían completamente.
Bacaklarının kendisine tamamen itaat ettiğini fark etmek onu mutlu etti.
De hecho, sus piernas lo llevaban a donde quería.
Aslında bacakları onu istediği yere götürüyordu.
Pronto todas sus penas estaban destinadas a llegar a su fin.
Yakında tüm üzüntülerinin sona ermesi kaçınılmazdı.
Pero en ese mismo momento su propia madre saltó.
Ama tam o anda kendi annesi de ayağa fırladı.
Sus brazos estaban extendidos y sus dedos separados.
Kollarını açmış, parmaklarını açmıştı.
Y ella gritó: "¡Socorro! ¡Por el amor de Dios, que alguien ayude!"
Ve "Yardım edin, Tanrı aşkına biri yardım etsin!" diye bağırdı.
Ella inclinó la cabeza; quería ver mejor a Gregor.
Başını yana eğdi; Gregor'u daha iyi görmek istiyordu.
Pero en contraposición a la primera acción, ella corrió hacia atrás.
Ancak ilk hareketinin aksine, geri koştu.
Se había olvidado que la mesa estaba puesta detrás de ella.
Masanın arkasında kurulu olduğunu unutmuştu.

Todos los elementos para el desayuno todavía estaban en la mesa.
Kahvaltı için hazırlanan her şey hâlâ masanın üzerindeydi.
Se sentó apresuradamente en la mesa, como distraída.
Sanki dikkati dağılmış gibi aceleyle masaya oturdu.
Y ella no pareció darse cuenta del café derramado.
Ve dökülen kahveyi fark etmemiş gibiydi.
El café que ahora estaba empapando la alfombra.
Kahve artık halıya iyice işlemişti.
—Mamá, madre —dijo Gregor suavemente, mirándola.
"Anne, anne," dedi Gregor usulca, ona bakarak.
Por el momento el manager no era importante para él.
Şu an için yönetici onun için önemli değildi.
Pero también estaba el café goteando sobre la alfombra.
Ama bir de halıya kahve damlıyordu.
Gregor no pudo resistirse a chasquear las mandíbulas al tomar el café.
Gregor kahveye olan düşkünlüğünü gizleyemedi ve çenesini şaklattı.
La madre comenzó a llorar nuevamente por su comportamiento.
Annesi, oğlunun bu davranışından dolayı tekrar ağlamaya başladı.
Ella saltó de la mesa para distanciarse de él.
Ondan uzaklaşmak için masadan atladı.
Y ella corrió a los brazos del padre, buscando seguridad.
Ve kız çocuğu, güvenliğe kavuşmak için babasının kollarına koştu.
Pero Gregor ya no tenía tiempo que perder con sus padres.
Ama Gregor'un artık anne babasına ayıracak vakti yoktu.
El oficial autorizado ya estaba en las escaleras.
Yetkili memur zaten merdivenlerdeydi.
Apoyó la barbilla en la barandilla para mirar dentro de la casa.
Çenesini korkuluğa dayamış, evin içine bakıyordu.
Al parecer quería echar un último vistazo al espectáculo.
Görünüşe göre bu gösteriyi son bir kez daha izlemek istemiş.

Y Gregor hizo un último esfuerzo para llegar hasta el gerente.

Gregor da müdüre ulaşmak için son bir girişimde bulundu.

Corrió hacia la puerta tan seguro como pudo.

Mümkün olduğunca güvenli bir şekilde kapıya doğru koştu.

Pero el jefe de oficina debía de sospechar algo.

Ama baş katip bir şeylerden şüphelenmiş olmalıydı.

Porque saltó varios escalones y desapareció.

Çünkü birkaç basamak aşağı atladı ve gözden kayboldu.

—¡Huh! —gritó Gregor, resonando en la escalera.

"Hıh!" diye bağırdı Gregor, sesi merdiven boşluğunda yankılandı.

La fuga del gerente también pareció confundir a su padre.

Müdürün kaçışı babasını da şaşırtmış gibiydi.

Hasta entonces había conseguido mantener la compostura.

O ana kadar oldukça sakin kalmayı başarmıştı.

Pero desgraciadamente él también perdió la compostura que había tenido.

Ama ne yazık ki o da sahip olduğu soğukkanlılığı kaybetti.

Lo que debería haber hecho es ayudar a Gregor en su persecución.

Yapması gereken şey Gregor'a bu arayışında yardımcı olmaktı.

Pero con una mano agarró el bastón del gerente.

Ama o, müdürün bastonunu tek eliyle kavradı.

Y en la otra mano sostenía ahora un periódico.

Diğer elinde ise bir gazete tutuyordu.

Y ahora estorbó directamente a Gregor en su persecución.

Ve böylece Gregor'un bu arayışına doğrudan engel oldu.

Se había colocado entre Gregor y la calle.

Kendini Gregor ile sokak arasına yerleştirmişti.

Golpeó el suelo con los pies y agitó el palo y el periódico.

Ayaklarını yere vurdu, elindeki sopayı ve gazeteyi salladı.

Y él estaba forzando activamente a Gregor a regresar a su habitación.

Ve Gregor'u aktif olarak odasına geri dönmeye zorluyordu.

Ninguna de las peticiones que Gregor intentó hacer sirvió de algo.

Gregor'un yaptığı hiçbir talep işe yaramadı.

Porque ninguna de las peticiones que hizo fue entendida.

Çünkü yaptığı isteklerin hiçbiri anlaşılmadı.

Giró la cabeza hacia un ángulo más profundo y humilde.

Başını daha derin, daha alçakgönüllü bir açıya çevirdi.

Pero su padre respondió golpeando el suelo con más fuerza.

Ama babası ayaklarını daha da sertçe yere vurarak karşılık verdi.

La madre abrió una ventana, a pesar del clima frío.

Anne, hava soğuk olmasına rağmen bir pencere açtı.

Y apretó su cara entre sus manos en el frío.

Ve soğukta yüzünü ellerine gömdü.

El viento ahora podría pasar por todo el apartamento.

Rüzgar artık dairenin tamamından geçebiliyordu.

Una fuerte corriente de aire soplaba desde la escalera hacia el callejón.

Merdivenlerden sokağa doğru güçlü bir rüzgar esiyordu.

Las cortinas se agitaban a causa del fuerte viento.

Güçlü rüzgar perdeleri savuruyordu.

Y el periódico sobre la mesa crujió con el viento.

Masadaki gazete rüzgarda hışırdadı.

Incluso algunas hojas fueron arrastradas hasta el interior de la casa desde el exterior.

Hatta dışarıdan içeriye bazı yapraklar bile uçmuştu.

El padre pateaba y empujaba sin descanso.

Baba ayaklarını yere vurdu ve amansızca itti.

Y silbaba y hacía ruidos como lo haría un hombre salvaje.

Ve vahşi bir adamın çıkarabileceği gibi tısladı ve sesler çıkardı.

Pero Gregor aún no había practicado el caminar hacia atrás.

Ancak Gregor henüz geriye doğru yürümeyi öğrenmemişti.

Incluso Gregor admitiría que este movimiento era mucho más lento.

Gregor bile bu hareketin çok daha yavaş olduğunu kabul ederdi.

Pero lo único que quería era la oportunidad de cambiar las cosas.

Oysa onun tek istediği, geri dönme fırsatıydı.

Entonces se habría ido directamente a su habitación.

O zaman hemen odasına giderdi.

Pero tenía demasiado miedo de impacientar a su padre.

Ama babasını sabırsızlandırmaktan çok korkuyordu.

Y allí estaba la amenaza de un golpe con el palo.

Ve bir de sopayla vurma tehdidi vardı.

Un golpe así en la parte posterior de la cabeza podría ser fatal.

Kafanın arka kısmına gelen böyle bir darbe ölümcül olabilir.

Pero al final Gregor no tuvo otra opción.

Ama sonunda Gregor'un başka seçeneği kalmadı.

Se dio cuenta de que ni siquiera podía caminar hacia atrás en línea recta.

Geriye doğru bile düzgün yürüyemediğini fark etti.

Empezó a girar tan rápido como pudo.

Olabildiğince hızlı bir şekilde arkasını dönmeye başladı.

Pero en realidad este movimiento giratorio era igualmente lento.

Ama gerçekte bu dönüş hareketi de aynı derecede yavaştı.

Y le siguieron las miradas ansiosas del padre.

Babası da endişeli bakışlarla onu takip etti.

Quizás el padre notó las buenas intenciones de Gregor.

Belki de baba, Gregor'un iyi niyetini fark etmiştir.

Porque no le impidió darse la vuelta.

Çünkü onun arkasını dönmesine engel olmadı.

Incluso utilizó la punta de su bastón para guiar la rotación.

Hatta dönüş hareketini yönlendirmek için sopasının ucunu bile kullandı.

¡Pero Gregor aún deseaba que su padre no le hubiera silbado!

Ama Gregor yine de babasının kendisine tıslamamasını diledi!

El silbido sólo aumentó la confusión del momento.

Tıslama sesi, o anki kafa karışıklığını daha da artırdı.

Y luego cometió un error y giró en la dirección equivocada.

Sonra bir hata yaptı ve yanlış yöne döndü.

Al final logró encarar el camino correcto.

Sonunda doğru yöne bakmayı başardı.

Y estaba satisfecho con el progreso que había logrado.

Ve kaydettiği ilerlemeden memnundu.

Pero entonces el siguiente problema se hizo aún más evidente.

Ancak daha sonra bir sonraki sorun daha da belirgin hale geldi.

Su cuerpo era demasiado ancho para pasar fácilmente por la puerta.

Vücut yapısı kapıdan rahatça geçemeyecek kadar genişti.

En su estado actual el padre no se dio cuenta de esto.

Şu anki durumunda baba bunu fark etmedi.

Así que no se le ocurrió abrir más la puerta.

Dolayısıyla kapıyı daha fazla açmak aklına bile gelmedi.

Entonces habría habido suficiente espacio para Gregor.

O zaman Gregor için yeterli yer olurdu.

Su única prioridad era conseguir que Gregor entrara a su habitación.

Onun tek önceliği Gregor'u odasına sokmaktı.

Habría tenido que ponerse de pie para poder pasar por la puerta.

Kapıdan geçebilmek için ayağa kalkması gerekirdi.

Pero el padre no hubiera permitido tal maniobra.

Ancak baba böyle bir manevraya izin vermezdi.

De hecho, le estaba siseando aún más salvajemente que antes.

Hatta ona daha öncekinden bile daha vahşi bir şekilde tıslıyordu.

Sonaba como si más de un hombre le estuviera silbando.

Ona tıslayan tek bir adamdan daha fazlası gibi geliyordu.

Sus demandas parecían tener una nueva urgencia detrás.

Taleplerinin ardında yeni bir aciliyet varmış gibi görünüyordu.

Realmente ya no había más tiempo para perder el tiempo.

Artık oyalanacak vakit kalmamıştı.

Pasara lo que pasara, Gregor tenía que atravesar la puerta.
Ne olursa olsun, Gregor kapıdan geçmek zorundaydı.
Se abrió paso sin ningún respeto por sí mismo.
Kendini hiç önemsemeden, tüm gücüyle mücadele etti.
Un lado de su cuerpo fue empujado hacia arriba por el movimiento.
Hareketin etkisiyle vücudunun bir tarafı yukarı doğru kalktı.
Y él yacía torpe y torcido en el umbral de la puerta.
Kapı aralığının arasında garip ve çarpık bir şekilde uzandı.
Uno de sus flancos quedó en carne viva rozando la madera.
Yan taraflarından biri tahtaya sürtünerek yara olmuştu.
Y había dejado feas manchas en la puerta pintada de blanco.
Ve beyaz boyalı kapıya çirkin lekeler bırakmıştı.
Las piernas de uno de sus costados colgaban temblando en el aire.
Vücudunun bir tarafındaki bacakları havada titreyerek sarkıyordu.
Sus otras piernas estaban presionadas dolorosamente contra el suelo.
Diğer bacakları da acı verici bir şekilde yere bastırılmıştı.
Pronto se quedaría atrapado completamente entre las puertas.
Çok yakında tamamen kapının arasına sıkışıp kalacaktı.
Y entonces no habría podido moverse en absoluto.
O zaman hiç hareket edemezdi.
Pero el padre le dio un fuerte empujón realmente liberador.
Ama baba ona gerçekten özgürleştirici, güçlü bir itme verdi.
Y cayó, sangrando profusamente, hasta el fondo de su habitación.
Ve kanlar içinde odasının derinliklerine doğru yere yığıldı.
El padre cerró la puerta tras de sí con su bastón.
Baba, elindeki bastonla kapıyı arkasından sertçe çarptı.
Y finalmente hubo algo de paz y tranquilidad nuevamente.
Ve sonunda yeniden biraz huzur ve sessizlik oldu.

<h2 style="text-align:center">Segunda parte</h2>
İkinci Bölüm

Gregor no se despertó hasta mucho más tarde ese mismo día.

Gregor günün çok daha geç saatlerine kadar uyanmadı.

Había anochecido; había dormido profundamente e inconscientemente.

Akşam karanlığı çökmüştü; derin ve bilinçsiz bir uykuya dalmıştı.

Se habría despertado incluso sin que nadie lo hubiera molestado.

Rahatsız edilmese bile uyanırdı.

Porque se sentía suficientemente descansado y bien dormido.

Çünkü gerçekten de yeterince dinlenmiş ve iyi uyumuş hissediyordu.

Pero le pareció oír unos pasos fugaces afuera.

Ama dışarıdan birkaç ayak sesi duyduğunu sandı.

Y alguien podría haber cerrado cuidadosamente la puerta principal.

Ve birisi ön kapıyı dikkatlice kapatmış olabilir.

La luz del tranvía eléctrico se reflejaba pálidamente en el techo.

Elektrikli tramvayın ışığı tavanda soluk bir şekilde yansıyordu.

La parte superior del mueble también recibió un poco de luz.

Mobilyaların üst kısımları da biraz ışık aldı.

Pero allá abajo, a la altura de Gregor, estaba oscuro.

Ama aşağıda, Gregor'un bulunduğu seviyede, hava karanlıktı.

Sus piernas lo empujaron lentamente hacia la puerta nuevamente.

Bacakları onu yavaşça tekrar kapıya doğru itti.

Tenía mucha curiosidad por ver qué había sucedido allí.

Orada neler olup bittiğini görmek için çok meraklıydı.

Pero su control de sus sensores aún no estaba desarrollado.

Ancak antenlerini kontrol etme yeteneği henüz gelişmemişti.

Aunque empezó a apreciar estos nuevos sensores.
Her ne kadar bu yeni sensörleri takdir etmeye başlamış olsa
da.
**Una cicatriz larga y desagradable parecía recorrer su costado
izquierdo.**
Sol tarafında uzun ve hoş olmayan bir yara izi vardı.
La cicatriz parecía como si apretara ese lado de su cuerpo.
Yara izi, vücudunun o tarafını sıkıştırıyormuş gibi
hissettiriyordu.
**Y entonces tuvo que cojear literalmente sobre sus dos filas
de piernas.**
Bu yüzden kelimenin tam anlamıyla iki sıra bacağı üzerinde
topallayarak yürümek zorunda kaldı.
Esa mañana una de sus piernas resultó gravemente herida.
O sabah bacaklarından biri ciddi şekilde yaralanmıştı.
**Realmente fue un milagro que no se hubiera roto más
piernas.**
Daha fazla bacağını kırmamış olması gerçekten bir mucizeydi.
Y así arrastró sin vida su pierna herida.
Ve böylece yaralı bacağını cansız bir şekilde arkasından
sürükledi.
Cuando llegó a la puerta se dio cuenta de algo profundo.
Kapıya vardığında çok önemli bir şeyi fark etti.
Fue el olor de algo lo que lo atrajo hasta allí.
Onu oraya çeken bir şeyin kokusuydu.
A Gregor le habían dejado algo comestible en su habitación.
Gregor'un odasında onun için yenilebilir bir şeyler
bırakılmıştı.
Trozos de pan blanco flotando en un cuenco de leche dulce.
Tatlı süt dolu bir kasede yüzen beyaz ekmek parçaları.
Apenas podía contener la alegría que había dentro de él.
İçindeki sevinci zorlukla kontrol edebiliyordu.
Ahora tenía incluso más hambre que por la mañana.
Sabah olduğundan daha da acıkmıştı şimdi.
Inmediatamente sumergió su cabeza en el cuenco de leche.
Hemen başını süt dolu kaseye daldırdı.
La leche le salía casi por toda la cabeza, hasta los ojos.

Süt neredeyse başının tamamını, gözlerine kadar kaplamıştı.
Pero pronto echó la cabeza hacia atrás, amargamente decepcionado.
Ama kısa süre sonra başını geri çekti, büyük bir hayal kırıklığı içindeydi.
Comer era difícil debido a su delicado lado izquierdo.
Sol tarafının hassasiyeti nedeniyle yemek yemekte zorlanıyordu.
Y sólo podía comer jadeando con todo su cuerpo.
Ve ancak tüm vücuduyla nefes nefese kalarak yemek yiyebiliyordu.
Pero esa no fue la verdadera razón de su decepción.
Ama hayal kırıklığının gerçek sebebi bu değildi.
La leche siempre había sido uno de sus platos favoritos.
Süt, her zaman en sevdiği yiyeceklerden biri olmuştur.
No tenía ninguna duda de que su hermana recordaba esto.
Kız kardeşinin bunu hatırladığından hiç şüphesi yoktu.
Y esa fue la razón por la que le había dado leche.
İşte bu yüzden ona süt vermişti.
No podía explicar por qué ahora no le gustaba la leche.
Sütü neden artık sevmediğini açıklayamadı.
Y se apartó del cuenco casi con reticencia.
Ve neredeyse isteksizce kaseden uzaklaştı.
Decepcionado, se arrastró de nuevo hasta el centro de la habitación.
Hayal kırıklığına uğrayarak odanın ortasına doğru sürünerek geri döndü.
Desde allí pudo ver a través de la rendija de la puerta.
Kapı aralığından içeriyi görebiliyordu.
Pudo ver que el fuego en la sala de estar estaba encendido.
Salondaki şöminenin yandığını görebiliyordu.
Generalmente a esta hora el padre leía el periódico.
Genellikle bu saatlerde baba gazete okurdu.
Él siempre solía leerle a la madre en voz alta.
Annesine her zaman yüksek sesle kitap okurdu.
A veces la hermana también escuchaba al padre.
Bazen kız kardeş de babayı dinlerdi.

Ella siempre le había contado a Gregor sobre esta lectura en voz alta.

O, bu sesli okuma etkinliğinden her zaman Gregor'a bahsederdi.

Pero hoy no se oía ningún sonido en la habitación.

Ama bugün odadan hiçbir ses gelmiyordu.

Quizás este hábito ya había caído en desuso.

Belki de bu alışkanlık artık uygulanmıyordu.

Un profundo silencio se había apoderado de todo el apartamento.

Dairenin tamamına derin bir sessizlik çökmüştü.

Aunque sabía que el apartamento ciertamente no estaba vacío.

Dairenin kesinlikle boş olmadığını bilmesine rağmen.

«¡Qué vida tan tranquila lleva la familia!», pensó Gregor.

"Ne kadar da sakin bir hayat sürüyorlar aile," diye düşündü Gregor.

Y miró hacia la oscuridad con gran orgullo.

Ve büyük bir gururla karanlığa baktı.

Estaba orgulloso de la vida que había podido darles.

Onlara sunabildiği hayattan gurur duyuyordu.

Estaba orgulloso del hermoso apartamento en el que vivían.

Yaşadıkları güzel daireyle gurur duyuyordu.

¿Pero toda esta paz estaba a punto de tener un final terrible?

Peki tüm bu huzur korkunç bir sonla mı bitecekti?

¿Les iban a quitar su prosperidad?

Refahları ellerinden mi alınacaktı?

¿Su satisfacción ahora era incierta en el futuro?

Artık gelecekleri belirsiz miydi?

Pero él no quería perderse en tales pensamientos.

Ama o, bu tür düşüncelere dalmak istemiyordu.

Para mantenerse ocupado se arrastraba arriba y abajo por las paredes.

Kendini meşgul etmek için duvarlarda sürünerek yukarı aşağı hareket etti.

Durante la larga velada una puerta estaba entreabierta.

Uzun akşam boyunca kapılardan biri hafifçe aralıktı.

Y en otro momento la otra puerta se abrió un poquito.
Bir başka zaman da diğer kapı biraz aralandı.
Pero en ambas ocasiones las puertas se cerraron rápidamente de nuevo.
Ancak her iki seferde de kapılar hızla tekrar kapatıldı.
Estaba claro que alguien de fuera tenía el deseo de entrar.
Belli ki dışarıdan birileri içeri girme isteği duymuş.
Pero también tenían demasiadas preocupaciones acerca de venir.
Ancak içeri girmek konusunda da çok fazla endişeleri vardı.
Gregor ahora se detuvo directamente en la puerta de la sala de estar.
Gregor tam oturma odasının kapısında durdu.
Estaba decidido a tentar de algún modo al indeciso visitante.
O, tereddüt eden ziyaretçiyi bir şekilde cezbetmeye kararlıydı.
Y también quería saber quién había sido el visitante.
Ayrıca ziyaretçinin kim olduğunu da öğrenmek istiyordu.
Pero aquella noche la puerta no se abrió una tercera vez.
Fakat o akşam kapı üçüncü kez açılmadı.
Y Gregorio esperaba en vano junto a la puerta.
Gregor kapının önünde boş yere bekledi.
Más temprano ese día todos querían entrar a la habitación.
O günün erken saatlerinde hepsi odaya girmek istemişti.
Ahora que las puertas estaban desbloqueadas sería más fácil para ellos.
Kapılar artık açık olduğuna göre işleri daha kolay olacaktı.
Pero ellos prefirieron quedarse al otro lado de la habitación.
Ama onlar odanın diğer tarafında kalmayı tercih ettiler.
Gregor se dio cuenta de que las llaves ya no estaban en sus cerraduras.
Gregor anahtarların artık kilitlerde olmadığını fark etti.
Alguien debe haber movido las llaves a la cerradura exterior.
Birisi dış kapı kilidinin anahtarlarını yerinden oynatmış olmalı.
Sólo tarde por la noche se apagó la luz de la sala de estar.
Salonun ışığı ancak gece geç saatlerde kapatılırdı.
La familia debe haber permanecido despierta todo el tiempo.

Ailenin tüm süre boyunca uyanık kalmış olması gerekiyor.
Y Gregor podía oírlos claramente alejándose de puntillas.
Gregor onların sessizce uzaklaştıklarını açıkça duyabiliyordu.
Ahora nadie vendría a ver a Gregor hasta la mañana.
Artık sabaha kadar kimse Gregor'un yanına gelmeyecekti.
Así que tuvo mucho tiempo para sí mismo, para pensar sin interrupciones.
Bu sayede uzunca bir süre yalnız kaldı ve rahatsız edilmeden düşünme fırsatı buldu.
¿Cuál sería la mejor manera de reorganizar su vida ahora?
Hayatını yeniden düzenlemenin en iyi yolu ne olurdu?
Pero las altas paredes de la habitación vacía lo asustaban.
Fakat boş odanın yüksek duvarları onu korkuttu.
No le quedó más remedio que tumbarse en el suelo.
Yere uzanmaktan başka çaresi yoktu.
Y nunca encontró la causa de su miedo en ese espacio.
Ve o, korkusunun nedenini o mekânda asla bulamadı.
Era la misma habitación en la que había vivido durante cinco años.
Beş yıldır yaşadığı aynı odaydı.
Medio inconscientemente hizo un movimiento hacia el sofá.
Yarı bilinçli bir şekilde kanepeye doğru bir hareket yaptı.
Y sin ninguna vergüenza se escondió debajo del sofá.
Ve hiç utanmadan kendini kanepenin altına sakladı.
Allí abajo se sintió inmediatamente de nuevo muy a gusto.
Aşağı indiğinde kendini hemen yeniden çok rahat hissetti.
A pesar de que tenía la espalda un poco presionada.
Sırtı biraz ağrımasına rağmen.
Ya no podía levantar la cabeza debajo del sofá.
Artık kanepenin altından başını kaldıramıyordu.
Pero incluso esto lo prefería a estar en cualquier espacio abierto.
Ama o, açık bir alanda bulunmaktan ziyade bunu tercih ederdi.
Sin embargo, lamentó que su cuerpo fuera tan ancho.
Ancak vücudunun bu kadar geniş olmasından pişmanlık duyuyordu.

El sofá no podía cubrir completamente todo su cuerpo.
Kanepe vücudunun tamamını örtemiyordu.
Se quedó debajo del sofá toda la noche.
Bütün geceyi kanepenin altında geçirdi.
La noche la pasó medio dormido, perturbado por el hambre.
Geceyi açlığının verdiği huzursuzlukla yarı uykulu geçirdi.
Y el tiempo que estaba despierto lo pasaba preocupado o esperanzado.
Uyanık kaldığı zamanların çoğunu ya endişelenerek ya da umutlanarak geçirdi.
Pero todas sus vagas esperanzas llevaron a la misma conclusión.
Ama tüm belirsiz umutları aynı sonuca götürdü.
No tuvo más remedio que permanecer en silencio por el momento.
O an için sessiz kalmaktan başka çaresi yoktu.
Tuvo que mostrar paciencia y consideración hacia la familia.
Aileye karşı sabırlı ve anlayışlı olmak zorundaydı.
Era la única manera de hacer soportable el inconveniente.
Bu, yaşanan rahatsızlığı katlanılabilir kılmanın tek yoluydu.
Los inconvenientes que ahora estaba causando a la familia.
Şimdi aileye yaşattığı rahatsızlık.
No tuvo que esperar mucho para demostrar su compasión.
Merhametini kanıtlamak için uzun süre beklemesine gerek kalmadı.
Temprano por la mañana la hermana miró dentro de su habitación.
Sabahın erken saatlerinde kız kardeş onun odasına baktı.
Aunque en realidad era tan de noche como de mañana.
Aslında gece kadar sabah da olmuştu.
Ella estaba completamente vestida y parecía mostrar entusiasmo.
Üzerindeki kıyafetlerin tamamı giyinmişti ve heyecanlı görünüyordu.
La fuerza de su nueva decisión podría ser puesta a prueba.
Aldığı yeni kararın doğruluğu sınanabilir.
Ella no lo encontró inmediatamente con su primera mirada.

Onu ilk bakışta hemen bulamadı.
Tenía que estar en algún lugar, no podía haber volado.
Bir yere gitmesi gerekiyordu; uçup gitmiş olamazdı.
Pero entonces sus ojos hicieron un segundo recorrido por la habitación.
Ama sonra gözleri odayı bir kez daha taradı.
Y esta vez vio su torso debajo del sofá.
Bu sefer de onun gövdesini kanepenin altında fark etti.
Estaba tan asustada que perdió todo el control de sí misma.
O kadar korkmuştu ki, kendini tamamen kaybetti.
Y su primera reacción fue cerrar la puerta de golpe.
Ve ilk tepkisi kapıyı tekrar sertçe kapatmak oldu.
Pero también pareció arrepentirse inmediatamente de su comportamiento.
Ancak davranışından hemen pişman olmuş gibi görünüyordu.
Tan pronto como cerró la puerta de golpe, la abrió de nuevo.
Kapıyı çarptığı anda tekrar açtı.
Y esta vez entró de puntillas en la habitación con cuidado.
Bu sefer de usulca, parmak uçlarında odaya girdi.
Se movía como si estuviera visitando a una persona gravemente enferma.
Sanki çok hasta birini ziyaret ediyormuş gibi hareket etti.
O tal vez estaba visitando a un completo desconocido.
Ya da tamamen yabancı birini ziyaret ediyor olabilirdi.
Gregor empujó su cabeza casi hasta el borde del sofá.
Gregor başını neredeyse koltuğun kenarına kadar uzattı.
Y desde debajo de la caja fuerte la observaba en la habitación.
Kasanın altından onu odada izledi.
¿Se daría cuenta de que había dejado la leche?
Sütü bıraktığını fark edecek miydi?
No había dejado la leche por falta de hambre.
Sütü bırakmasının sebebi açlıktan kaynaklanmıyordu.
¿En lugar de eso le traería comida diferente?
Acaba ona farklı bir yemek mi getirecekti?
Quizás un plato que se ajustara mejor a sus preferencias.
Belki de onun zevkine daha uygun bir yemekti.

Pero ella misma habría tenido que notar su apetito.
Ama onun iştahını kendisinin fark etmesi gerekirdi.
Preferiría morir de hambre antes que hacerle saber eso.
Onun bu durumdan haberdar olmasındansa aç kalmayı tercih
ederdi.
En realidad le habría gustado mucho decírselo.
Aslında ona söylemeyi çok isterdi.
Estuvo realmente tentado de disparar desde debajo del sofá.
Kanepenin altından fırlayıp ateş etme isteği gerçekten çok
yoğundu.
Quería arrojarse a los pies de su hermana.
Kendini kız kardeşinin ayaklarının dibine atmak istiyordu.
Y quiso pedirle algo bueno para comer.
Ve ondan yemek için güzel bir şeyler istemek istedi.
Pero entonces la hermana miró hacia el cuenco de leche.
Ama sonra kız kardeş süt kasesine doğru baktı.
**Inmediatamente se dio cuenta de que el cuenco todavía
estaba lleno.**
Kadın hemen kasenin hala dolu olduğunu fark etti.
Le sorprendió bastante que Gregor no hubiera comido nada.
Gregor'un hiçbir şey yememiş olmasına oldukça şaşırmıştı.
Sólo se había derramado un poco de leche en el suelo.
Yere sadece biraz süt dökülmüştü.
Inmediatamente cogió el cuenco y lo sacó.
Kadın hemen kaseyi alıp dışarı taşıdı.
Él vio que ella no recogió el cuenco con sus propias manos.
Kadının kaseyi çıplak elleriyle almadığını gördü.
En lugar de eso, recogió el cuenco con uno de los trapos.
Bunun yerine bezlerden birini kullanarak kaseyi kaldırdı.
**Pero Gregor se olvidó muy rápidamente de este pequeño
detalle.**
Ancak Gregor bu küçük ayrıntıyı çok çabuk unuttu.
Ahora estaba mucho más entusiasmado por otra cosa.
Şimdi başka bir şey için çok daha heyecanlıydı.
¿Qué podría traer como reemplazo de la leche?
Sütün yerine ne getirebilir acaba?
Tenía varios pensamientos sobre lo que ella podría traer.

Kadının ne getirebileceği konusunda çeşitli düşünceleri vardı.
Pero la bondad de su hermana superó sus expectativas.
Ama kız kardeşinin iyiliği onun beklentilerini aştı.
Se dio cuenta de que tenía que probar cuáles eran sus nuevos gustos.
Onun yeni zevklerinin neler olduğunu test etmesi gerektiğini fark etti.
Así que trajo toda una selección de alimentos diferentes.
Bu yüzden yanında çok çeşitli yiyecekler getirdi.
Verduras medio podridas, huesos de la cena.
Yarı çürümüş sebzeler, akşam yemeğinden kalan kemikler.
Salsa solidificada de la otra comida que habían comido.
Yedikleri diğer yemekten kalan katılaşmış sos.
Unas pasas, unas almendras, pan seco, pan con mantequilla.
Birkaç kuru üzüm, biraz badem, kuru ekmek, tereyağlı ekmek.
Un poco de pan untado con mantequilla y también con sal.
Üzerine tereyağı ve tuz sürülmüş ekmek.
Queso que Gregor había declarado incomestible hacía dos días.
Gregor'un iki gün önce yenmez olduğunu ilan ettiği peynir.
Toda esta selección de comida fue colocada en un periódico.
Bu yiyeceklerin tamamı bir gazetenin üzerine yerleştirilmişti.
Y también colocó un recipiente con agua al lado de sus comidas.
Ayrıca yemeklerinin yanına bir kase su da koydu.
Ella sabía que Gregor no habría comido delante de ella.
Gregor'un onun önünde yemek yemeyeceğini biliyordu.
Entonces, por respeto hacia él, salió nuevamente de la habitación.
Ona duyduğu saygıdan dolayı tekrar odadan çıktı.
Y hasta giró la llave en la cerradura al salir.
Üstelik çıkarken anahtarı kilide çevirdi.
Pero ella giró la llave muy silenciosamente y con mucho cuidado.
Ama anahtarı çok sessiz ve dikkatli bir şekilde çevirdi.
De esta manera sólo Gregor sabría que la puerta estaba cerrada.

Bu sayede kapının kilitli olduğunu sadece Gregor bilecekti.
Ahora podía ponerse tan cómodo como quisiera.
Artık istediği kadar rahat edebilirdi.
Las piernas de Gregor zumbaban cuando llegó la hora de comer.
Yemek vakti geldiğinde Gregor'un bacakları hızla hareket ediyordu.
Lo que vale la pena destacar es que ya no sentía ninguna molestia.
Dikkat çekilmesi gereken nokta, artık herhangi bir rahatsızlık hissetmemesiydi.
Sus heridas deben haber sanado ya por completo.
Yaraları çoktan tamamen iyileşmiş olmalı.
Porque ya no sentía sus discapacidades anteriores.
Çünkü artık önceki engellerini hissetmiyordu.
Su nueva capacidad de curar lo sorprendió y lo asombró.
İyileştirme yeteneğinin ortaya çıkması onu hem şaşırttı hem de hayrete düşürdü.
Hace más de un mes se cortó el dedo con un cuchillo.
Bir aydan uzun süre önce parmağını bıçakla kesti.
Hasta hace dos días esa herida todavía le dolía.
İki gün öncesine kadar o yara hâlâ acıyordu.
"¿Soy mucho menos sensible ahora?" pensó para sí mismo.
"Şimdi çok daha az hassas mıyım acaba?" diye düşündü kendi kendine.
Para entonces ya estaba chupando con avidez el queso.
Bu sırada çoktan peyniri iştahla emmeye başlamıştı bile.
Se sintió atraído por el queso más que por el resto de la comida.
Diğer yiyeceklerden çok peynire ilgi duyuyordu.
Comió rápidamente un trozo de queso tras otro.
Peynir parçalarını hızla birbiri ardına yedi.
Sus ojos se llenaron de lágrimas de satisfacción al probarlo.
Tadının verdiği memnuniyetle gözleri yaşardı.
Después del queso comió las verduras y la salsa.
Peynirden sonra sebzeleri ve sosu yedi.
Sin embargo, la comida fresca no le sabía bien.

Ancak taze yiyeceklerin tadı ona hoş gelmedi.

De hecho, ni siquiera podía soportar el olor de la comida fresca.

Hatta taze yiyeceklerin kokusuna bile tahammül edemiyordu.

Incluso arrastró el resto de la comida lejos de la comida fresca.

Hatta diğer yiyecekleri taze yiyeceklerden uzaklaştırdı.

Y muy rápidamente terminó la comida más comestible.

Ve en yenilebilir yiyecekleri çok çabuk bitirdi.

Toda aquella deliciosa comida tuvo sobre él un efecto soporífero.

Yediği tüm lezzetli yemekler onu uyuşturmuştu.

Y él permaneció acostado perezosamente en el lugar donde había comido.

Ve yemek yediği yerde tembelce uzandı.

Finalmente su hermana regresó para ver cómo estaba nuevamente.

Sonunda kız kardeşi onu tekrar kontrol etmeye geldi.

Tuvo la previsión de girar la llave muy lentamente.

Anahtarı çok yavaşça çevirme öngörüsüne sahipti.

Esto le dio a Gregor una advertencia de que debía retirarse.

Bu durum Gregor'a geri çekilmesi gerektiği konusunda bir uyarı niteliği taşıdı.

Aturdido y sobresaltado, se apresuró a volver debajo del sofá.

Sersemlemiş ve irkilmiş bir halde, hızla kanepenin altına geri döndü.

Pero quedarse debajo del sofá no fue tan fácil esta vez.

Ama bu sefer kanepenin altında kalmak o kadar kolay değildi.

Su cuerpo se había vuelto un poco redondeado por tanta comida.

Yediği onca yemekten dolayı vücudu biraz yuvarlaklaşmıştı.

Y tuvo que controlarse para no quedarse sin nada otra vez.

Ve tekrar dışarı fırlamamak için kendini kontrol etmek zorunda kaldı.

Aunque la hermana no permaneció mucho tiempo en la habitación.

Kız kardeş odada uzun süre kalmasa da...

Le costaba respirar en ese estrecho espacio.

O dar alanda nefes almakta zorlanıyordu.

Pero él siguió adelante a pesar de los pequeños ataques de asfixia.

Ama o, bu ufak tefek boğulma nöbetlerinin üstesinden geldi.

Con ojos desorbitados observaba las actividades de la hermana.

Gözleri fal taşı gibi açılmış bir şekilde kız kardeşinin yaptıklarını izledi.

La hermana desprevenida vertió todo en un balde.

Hiçbir şeyden haberi olmayan kız kardeş, her şeyi bir kovaya boşalttı.

Ella no sólo se deshizo de la comida que Gregor no había comido.

O sadece Gregor'un yemediği yiyecekleri atmakla kalmadı.

Pero también se deshizo de la comida que él no había tocado.

Ama onun dokunmadığı yiyecekleri de attı.

Al parecer esa comida ya no era comestible para nadie.

Görünüşe göre o yiyecek artık kimse için yenilebilir değildi.

Luego cerró el cubo de comida con una tapa de madera.

Ardından yemek kovasını tahta bir kapakla kapattı.

Y con la comida, el balde y el trapeador, se fue.

Yiyecekleri, kovayı ve paspası alıp gitti.

Gregor no habría podido esperar mucho más tiempo.

Gregor daha fazla bekleyemezdi.

Tan pronto como ella se fue, él se escapó de debajo del sofá.

Kadın gider gitmez, adam koltuğun altından kaçtı.

Y se estiró y resopló aliviado.

Gerindi ve rahatlamış bir nefes verdi.

Así recibía Gregorio comida de vez en cuando.

Gregor, zaman zaman bu şekilde yiyecek alıyordu.

Su hermana le dio de comer una vez temprano en la mañana.

Kız kardeşi ona sabahın erken saatlerinde bir kez yemek verdi.

A esta hora los padres y la criada todavía dormían.

Bu saatte anne baba ve hizmetçi hâlâ uyuyordu.

Y recibió una segunda comida después de que todos almorzaron.

Herkes öğle yemeğini yedikten sonra ona ikinci bir yemek daha verildi.

Porque en ese momento los padres también durmieron un rato.

Çünkü o sırada anne babalar da bir süre uyuyorlardı.

Y la doncella fue enviada por su hermana a hacer algún recado.

Hizmetçi kız kardeş tarafından bir iş için gönderildi.

Ciertamente no tenían intención de dejar morir de hambre a Gregor.

Gregor'u aç bırakmak gibi bir niyetleri kesinlikle yoktu.

Pero tampoco hubieran querido verlo comer.

Ama onlar da onun yemek yediğini izlemek istemezlerdi.

Lo que mencionó la hermana fue suficiente información.

Kardeşin bahsettikleri yeterli bilgiydi.

Quizás era su manera de ahorrarles dolor a los padres.

Belki de bu, anne babayı üzüntüden koruma yöntemiydi.

Ya habían sufrido bastante por sus acciones.

Onun yaptıklarından zaten yeterince acı çekmişlerdi.

El primer día se iba convirtiendo poco a poco en un recuerdo lejano.

İlk gün yavaş yavaş uzak bir anıya dönüşüyordu.

Gregor no tenía forma de saber lo que pasó ese día.

Gregor o gün neler olduğunu bilmesinin hiçbir yolu yoktu.

¿Cómo fue guiado el cerrajero fuera del apartamento?

Çilingir daireden nasıl çıkarıldı?

¿Con qué excusas quedó finalmente satisfecho el médico?

Doktor sonunda hangi bahanelerle tatmin oldu?

No había encontrado ningún modo de hacerse entender.

Kendini anlaşılır kılmanın bir yolunu bulamamıştı.

Ni siquiera logró comunicarse con su hermana.

Kız kardeşiyle bile iletişim kurmayı başaramadı.

Y entonces pensaron que no podía entenderlos.

Bu yüzden onun kendilerini anlayamayacağını düşündüler.

Y por eso no se hizo ningún esfuerzo para hablar con él.

Bu nedenle onunla konuşmak için hiçbir çaba gösterilmedi.

Su hermana entraba en su habitación todas las mañanas y a la hora del almuerzo.

Kız kardeşi her sabah ve öğlen odasına gelirdi.

Pero él tuvo que contentarse con escuchar sus suspiros.

Ama o, kadının iç çekişlerini duymakla yetinmek zorunda kaldı.

Más tarde se acostumbró un poco más a la forma de Gregor.

Daha sonra Gregor'un tarzına biraz daha alıştı.

Y se sintió un poco más libre para hacer más comentarios.

Ve bu durum, daha fazla yorum yapma konusunda ona biraz daha özgürlük hissi verdi.

(Aunque nunca se acostumbraría del todo a él.)

(Yine de ona hiçbir zaman tamamen alışamayacaktı.)

Y entonces Gregor se sintió nuevamente hablado un poco más.

Ve sonra Gregor, kendisine biraz daha hitap edildiğini hissetti.

Y captó lo que percibió como comentarios amistosos.

Ve o, dostça yorumlar olarak algıladığı şeyleri duydu.

"Disfrutó su comida hoy" o "comió todo".

"Bugün yemeğinin tadını çıkardı" veya "her şeyi yedi."

Pero eso fue sólo cuando hubo comido toda su comida.

Ama bu, ancak tüm yemeğini yedikten sonra oluyordu.

Pero últimamente esto se está volviendo cada vez menos frecuente.

Ancak son zamanlarda bu durum giderek daha nadir hale geliyordu.

"Apenas tocaba la comida", decía ella con más frecuencia ahora.

"Yemeğine neredeyse hiç dokunmuyordu," diyordu artık daha sık.

Y había un toque de tristeza en su voz cada vez.

Ve her seferinde sesinde bir hüzün tonu vardı.

Gregor no pudo escuchar ninguna otra noticia más directamente.

Gregor, bundan daha doğrudan bir haber duyamazdı.

Pero escuchó muchas noticias de las habitaciones contiguas.

Ancak bitişik odalardan gelen birçok haberi duydu.

Al oír voces corrió hacia la puerta correspondiente.

Sesler duyunca ilgili kapıya koştu.

Y apretó todo su cuerpo contra la puerta para escuchar.

Ve duyabilmek için tüm vücudunu kapıya dayadı.

Todas las conversaciones le concernían de una manera u otra.

Tüm konuşmalar bir şekilde onu ilgilendiriyordu.

Incluso cuando el tema parecía ser sobre otra cosa.

Konu başka bir şey gibi görünse bile.

Esta observación fue especialmente cierta en los primeros tiempos.

Bu gözlem özellikle ilk dönemlerde geçerliydi.

Durante cada comida repetían la misma discusión.

Her yemekte aynı tartışmayı tekrarladılar.

Todavía no estaban seguros de cómo comportarse a su alrededor.

Onun yanında nasıl davranacaklarından hâlâ emin değillerdi.

Pero el mismo tema también se discutió entre comidas.

Ancak aynı konu yemek aralarında da konuşuldu.

Porque siempre había dos miembros de la familia en casa.

Çünkü evde her zaman iki aile üyesi bulunuyordu.

Nadie quería quedarse solo en la casa.

Kimse evde tek başına kalmak istemiyordu.

Pero dejar el piso vacío tampoco era una opción.

Ancak daireyi boş bırakmak da söz konusu bile değildi.

La criada era la única que no estaba atada al apartamento.

Daireye bağlı olmayan tek kişi hizmetçiydi.

Ella ya había pedido irse el primer día.

Daha ilk gün ayrılmak istediğini belirtmişti.

Ella se puso de rodillas y pidió que la despidieran.

Dizlerinin üzerine çöktü ve görevden alınması için yalvardı.

La familia no sabía cuánto sabía realmente la criada.

Aile, hizmetçinin aslında ne kadar şey bildiğinden habersizdi.

En ese momento ella no había visto más que nadie.

O aşamada, diğer herkesten daha fazlasını görmemişti.

Lo sucedido todavía era un misterio para la familia.
Ailenin aklında hâlâ ne olduğu gizemini koruyordu.
Pero un cuarto de hora después se despidió.
Ancak on beş dakika sonra vedalaştı.
Y agradeció a la familia con lágrimas en los ojos.
Gözlerinde yaşlarla aileye teşekkür etti.
Pero en realidad les agradeció por haberla liberado.
Ama aslında kendisini serbest bıraktıkları için onlara teşekkür
etti.
Parecían haberle mostrado la mayor bondad.
Ona son derece nazik davranmış gibiydiler.
Incluso hizo un juramento sin que se lo pidieran.
Kendisine sorulmadan yemin bile etti.
Dijo que no le contaría a nadie lo que había sucedido.
Olanları kimseye anlatmayacağını söyledi.
Ahora la hermana tenía que cocinar junto con su madre.
Artık kız kardeş annesiyle birlikte yemek pişirmek
zorundaydı.
Pero esto realmente no era un gran inconveniente.
Ama bu aslında çok da büyük bir sorun değildi.
Porque de todas formas los dos no comían casi nada.
Çünkü ikisi de zaten neredeyse hiçbir şey yememişlerdi.
Gregor escuchó una y otra vez la misma conversación.
Gregor aynı konuşmayı tekrar tekrar duydu.
Una persona le decía a otra que tenía que comer más.
Bir kişi diğerine daha fazla yemek yemesi gerektiğini
söylüyordu.
Pero esa persona no recibió ninguna respuesta de la persona.
Ancak o kişi, karşıdaki kişiden hiçbir yanıt almadı.
"Gracias, tengo suficiente", o algo similar.
"Teşekkür ederim, yeterince var" veya benzeri bir şey.
Quizás ya no bebían nada tampoco.
Belki onlar da artık hiçbir şey içmiyorlardı.
**La hermana a menudo le preguntaba a su padre si quería
cerveza.**
Kız kardeş sık sık babasına bira isteyip istemediğini sorardı.

Y ella misma se ofreció calurosamente a ir a buscar la cerveza.
Ve o da birayı kendisinin getirmeyi içtenlikle teklif etti.
El padre siempre permanecía en silencio ante su petición.
Baba, kızının isteği üzerine her zaman sessiz kalırdı.
Así que la hermana tuvo que encontrar una manera de eliminar cualquier duda.
Bu yüzden kız kardeş, her türlü şüpheyi ortadan kaldırmanın bir yolunu bulmak zorundaydı.
Y ella dijo que enviaría a la criada a buscar algo de cerveza.
Ve hizmetçiyi bira getirmeye göndereceğini söyledi.
Pero entonces el padre finalmente dijo un gran y rotundo "no".
Ama sonunda baba yüksek sesle ve güçlü bir şekilde "hayır" dedi.
Luego ya no se volvió a mencionar el tema de tomar una cerveza.
Ardından onun bira içmesi konusu bir daha gündeme gelmedi.
Ya había explicado anteriormente la situación financiera.
Mali durumu daha önce zaten açıklamıştı.
De hecho, mencionó las finanzas el primer día.
Aslında, daha ilk günden itibaren mali konulardan bahsetti.
Les hizo saber perfectamente cuáles eran las perspectivas.
Onlara gelecek beklentilerini açıkça anlattı.
Su propio negocio se había derrumbado hacía unos cinco años.
Kendi işi yaklaşık beş yıl önce iflas etmişti.
De vez en cuando se levantaba para abandonar la mesa.
Ara sıra masadan kalkmak için ayağa kalkıyordu.
Y se dirigió a la caja registradora de su antiguo negocio.
Ve eski işyerinin kasasına gitti.
Había salvado la caja registradora por sentimentalismo.
Para kasasını duygusal nedenlerle saklamıştı.
Gregor lo oyó abrir una cerradura pesada y complicada.
Gregor, onun ağır ve karmaşık bir kilidi açtığını duydu.
Y sacó recibos y libros de la caja.

Ve kasadan fişleri ve defterleri çıkardı.

Después de tomar los objetos volvió a cerrar la caja fuerte.

Eşyaları aldıktan sonra para kutusunu tekrar kilitledi.

Gregor no había tenido buenas noticias desde su encarcelamiento.

Gregor hapse girdiğinden beri hiç iyi haber almamıştı.

Pensó que el negocio había llevado a la quiebra a su padre.

İşletmenin babasını iflas ettirdiğini düşünüyordu.

El padre seguramente le había dado esa impresión a Gregor.

Baba, Gregor'a kesinlikle bu izlenimi vermişti.

Y Gregor nunca le preguntó más sobre las finanzas.

Gregor ona mali konular hakkında bir daha hiç soru sormadı.

Gregor quería hacer todo lo posible para ayudar a la familia.

Gregor, aileye yardım etmek için elinden gelen her şeyi yapmak istedi.

Quería ayudarlos a olvidar la desgracia empresarial.

İş hayatındaki talihsizliği unutturmak istiyordu.

La quiebra que provocó la desesperanza más completa.

İflas, tam bir umutsuzluğa yol açtı.

Así que empezó a trabajar con una pasión muy especial.

Bu yüzden çok özel bir tutkuyla çalışmaya başladı.

Se había convertido en un vendedor ambulante casi de la noche a la mañana.

Neredeyse bir gecede seyyar satış temsilcisi olmuştu.

Antes de eso, sólo había trabajado como empleado con un salario bajo.

Bundan önce sadece düşük ücretli bir memur olarak çalışmıştı.

Ahora tenía oportunidades de ingresos completamente diferentes.

Artık tamamen farklı kazanç fırsatlarına sahipti.

Las ventas exitosas podrían convertirse inmediatamente en efectivo.

Başarılı satışlar anında nakde çevrilebilir.

El dinero en efectivo, por supuesto, se paga con sus comisiones.

Para elbette komisyonlarından ödeniyordu.

Ahora Gregor podía poner dinero en la mesa familiar.
Gregor artık ailenin sofrasına para koyabiliyordu.
Y estaban asombrados y contentos con sus ganancias.
Kazançlarına hem şaşırdılar hem de çok sevindiler.
Pero esos tiempos hermosos no se repetirán nuevamente.
Ama o güzel günler bir daha tekrarlanmayacak.
Apenas se habían acostumbrado a esos buenos tiempos.
Bu güzel günlere daha yeni alışmışlardı.
Cada día de pago la familia aceptaba el dinero con gratitud.
Aile, her maaş gününde parayı minnetle kabul ediyordu.
Y Gregor estaba igualmente feliz de entregar el dinero.
Gregor da parayı vermekten aynı derecede memnundu.
**Pero el cálido afecto que recibía a cambio fue muriendo
lentamente.**
Ancak karşılığında verilen sıcak sevgi yavaş yavaş söndü.
**Sólo su hermana permaneció tan cerca de Gregor como
antes.**
Gregor'a eskisi kadar yakın kalan tek kişi kız kardeşiydi.
**Ella, a diferencia de Gregor, tenía un profundo aprecio por la
música.**
O, Gregor'un aksine, müziğe derin bir ilgi duyuyordu.
Y ella sabía tocar el violín de una manera muy conmovedora.
Ve keman çalmayı çok etkileyici bir şekilde biliyordu.
Gregor planeó en secreto enviarla a la escuela de música.
Gregor, kızını gizlice müzik okuluna göndermeyi planlıyordu.
Aún no había decidido cómo pagaría los gastos.
Masrafları nasıl karşılayacağına henüz karar vermemişti.
Pero de una forma u otra cubriría los costos.
Ama bir şekilde masrafları karşılayacaktı.
**De vez en cuando Gregor y su familia hacían pequeños
viajes.**
Gregor ve ailesi zaman zaman kısa gezilere çıkarlardı.
Gregor y su hermana abordaron este tema con frecuencia.
Gregor ve kız kardeşi bu konuyu sık sık gündeme
getiriyorlardı.
Pero sólo se mencionó como una idea maravillosa.

Ama bu fikir her zaman sadece harika bir fikir olarak dile getirildi.

Realmente no creían que el sueño pudiera realizarse.
Bu hayalin gerçekleşebileceğine gerçekten inanmıyorlardı.

Y a los padres no les gustaban esas ambiciones fantasiosas.
Anne ve babalar bu tür hayalperest hırsları beğenmediler.

Incluso cuando el tema se planteó de manera muy inocente.
Konu son derece masumane bir şekilde gündeme getirilmiş olsa bile.

Pero Gregor seguía pensando en la escuela de música.
Ancak Gregor müzik okulunu düşünmeye devam etti.

Y tenía pensado anunciar el regalo en Nochebuena.
Ve hediyeyi Noel arifesinde duyurmayı planlıyordu.

Por supuesto, en su estado actual sería imposible.
Elbette şu anki haliyle bu imkansız olurdu.

Pero ese tipo de pensamientos pasaban por su cabeza.
Ama bu tür düşünceler aklından geçti.

Y tenía estos pensamientos mientras escuchaba a la familia.
Aileyi dinlerken aklından böyle düşünceler geçti.

A veces se cansaba demasiado para seguir escuchándolos.
Bazen onları dinlemeye devam edemeyecek kadar yoruluyordu.

Su cabeza cayó contra la puerta por el cansancio.
Yorgunluktan başı kapıya çarptı.

Pero inmediatamente volvió a apoyar la cabeza contra la puerta.
Ama o hemen tekrar başını kapıya dayadı.

Porque incluso el ruido más leve se podía oír afuera.
Çünkü en ufak bir ses bile dışarıdan duyulabiliyordu.

Y cualquier ruido que hacía hacía que la familia se quedara en silencio.
Çıkardığı her ses, ailenin sessizliğe bürünmesine neden olurdu.

"¿Qué está haciendo ahora?" preguntó el padre a la familia.
"Şimdi ne yapıyor?" diye sordu baba aileye.

Y fue a la puerta para comprobar qué era aquel ruido.
Ve gürültünün ne olduğunu anlamak için kapıya gitti.

Y luego la conversación interrumpida se reanudó gradualmente.
Ve ardından yarıda kalan konuşma yavaş yavaş yeniden başladı.
Pero lo que dijo el padre sorprendió positivamente a todos.
Ancak babanın söyledikleri herkesi olumlu yönde şaşırttı.
Gregor ahora conoció la verdadera situación de las finanzas.
Gregor artık mali durumun gerçek halini öğrenmişti.
A pesar de todas las desgracias, hubo algo de buena suerte.
Tüm talihsizliklere rağmen, biraz da şans vardı.
Aún quedaba allí una muy pequeña fortuna de los viejos tiempos.
Eski günlerden kalma çok küçük bir servet hâlâ oradaydı.
El padre explicó las cosas, pero tuvo que repetirlas.
Baba her şeyi açıkladı ama söylediklerini tekrarlamak zorunda kaldı.
Porque hacía tiempo que no se ocupaba de estas cosas.
Çünkü bir süredir bu konularla ilgilenmemişti.
Y porque la madre no entendía tales cosas.
Çünkü anne bu tür şeyleri anlamıyordu.
Los tipos de interés del banco habían subido un poco.
Bankaların faiz oranları biraz yükselmişti.
El dinero intacto había aumentado más de lo esperado.
Dokunulmamış para beklenenden daha fazla artmıştı.
Además Gregor siempre les había dado sus ahorros.
Ayrıca Gregor her zaman onlara birikimlerini verirdi.
Sólo había conservado unos pocos florines para sí.
Kendisi için yalnızca birkaç guilder saklamıştı.
Y su dinero aún no se había agotado por completo.
Üstelik parası da tamamen tükenmemişti.
En conjunto, este dinero se había acumulado hasta formar un pequeño capital.
Bu paralar bir araya gelerek küçük bir sermaye oluşturmuştu.
Gregor, detrás de su puerta, asintió con entusiasmo ante la noticia.
Gregor, kapısının ardında, haberi heyecanla başıyla karşıladı.
Le agradó esta inesperada cautela y frugalidad.

Bu beklenmedik ihtiyat ve tutumluluk onu memnun etti.

Los fondos sobrantes podrían haberse utilizado para pagar la deuda.

Artan fonlar borcu ödemek için kullanılabilirdi.

Entonces ya no le deberían nada al patrón.

O zaman patrona hiçbir borçları kalmazdı.

Y Gregor podría haber cambiado de trabajo mucho antes.

Gregor çok daha önce yeni bir işe geçebilirdi.

Pero ahora la manera como el padre lo dispuso estaba mucho mejor.

Ama babanın ayarlaması şimdi çok daha iyiydi.

El dinero no era suficiente para vivir de los intereses.

Faizden elde edilen para geçimimizi sağlamaya yetmiyordu.

Y había que reservar algo de dinero para emergencias.

Ve acil durumlar için de bir miktar para kenara ayrılmak gerekiyordu.

Sólo habría sido suficiente dinero para uno o dos años.

Bu para ancak bir veya iki yıl için yeterli olurdu.

Esto significaba que alguien tenía que ganar dinero para que pudieran vivir.

Bu da onların geçimini sağlamak için birilerinin para kazanması gerektiği anlamına geliyordu.

El padre no estaba enfermo y era bastante fuerte.

Baba sağlıksız değildi ve yeterince güçlüydü.

Pero llevaba más de cinco años sin trabajo.

Ancak beş yıldan fazla süredir işsizdi.

Y, debido a su edad, le quedaba poca confianza en sí mismo.

Yaşı nedeniyle özgüveni de oldukça azalmıştı.

También había engordado mucho en los últimos tiempos.

Son zamanlarda çok kilo almıştı.

Su vida siempre había sido ardua y sin éxito.

Hayatı her zaman zorlu ve başarısızlıkla dolu olmuştu.

Y éstas habían sido las primeras vacaciones que había tenido.

Bu, hayatında geçirdiği ilk tatildi.

Y sin estar ocupado se había vuelto bastante torpe.

Ve meşgul edilmediği için oldukça sakarlaşmıştı.

¿Sería mejor si la anciana madre ganara el dinero?
Yaşlı annenin parayı kazanması daha mı iyi olurdu?
La anciana madre que sufría de asma.
Astım hastalığından muzdarip yaşlı anne.
La anciana madre que luchaba por subir las escaleras.
Merdivenlerden çıkmakta zorlanan yaşlı anne.
La anciana madre que pasaba el tiempo tumbada en el sofá.
Vaktinin çoğunu kanepede uzanarak geçiren yaşlı anne.
La anciana madre que prefería quedarse junto a la ventana.
Pencere kenarında kalmayı tercih eden yaşlı anne.
Para poder recuperar el aliento cuando lo necesitara.
Böylece ihtiyaç duyduğunda nefes alabilecekti.
¿Sería mejor si la hermana joven ganara el dinero?
Parayı küçük kız kardeşin kazanması daha mı iyi olurdu?
La hermana, que a sus diecisiete años era todavía apenas una niña.
Kız kardeş, on yedi yaşında, henüz bir çocuktu.
La hermana que sólo tuvo unos pocos placeres modestos.
Sadece birkaç mütevazı zevki olan kız kardeş.
La hermana a quien le gustaba principalmente tocar el violín.
Özellikle keman çalmaktan hoşlanan kız kardeş.
Ella sabía que su anterior forma de vida era muy envidiable;
Önceki yaşam tarzının çok imrenilecek bir yaşam olduğunu biliyordu;
Vestirse bien, levantarse tarde, ayudar en la casa.
Güzel giyinmek, geç uyanmak, ev işlerine yardım etmek.
La conversación a menudo giraba en torno a la necesidad de ganar dinero.
Konuşmalar sıklıkla para kazanma ihtiyacına dönüyordu.
Gregor siempre era el primero en soltar la puerta.
Gregor her zaman kapıyı ilk bırakan kişi olurdu.
La conversación lo puso caliente de vergüenza y dolor.
Bu konuşma onu utanç ve kederle doldurdu.
Entonces se dejó caer en el refrescante sofá de cuero.
Bunun üzerine kendini serin deri kanepeye attı.
Y a menudo pasaba el resto de la noche en el sofá.

Ve gecenin geri kalanını genellikle kanepede geçirirdi.
Nunca durmió realmente en el sofá, ni tampoco por la noche.
O, hiçbir zaman gerçekten kanepede ya da geceleri uyumadı.
A menudo, simplemente se quedaba rascando el cuero durante horas y horas.
Çoğu zaman saatlerce deriyi kaşır dururdu.
Otras veces empujaba el sillón hacia la ventana.
Bazen de koltuğu pencereye doğru iterdi.
Esto solo requirió un gran esfuerzo de su parte.
Bu bile onun açısından büyük bir çaba gerektirdi.
El sillón le ayudó a subirse al alféizar de la ventana.
Koltuk, onun pencere pervazına tırmanmasına yardımcı oldu.
Y desde allí pudo apoyarse en la ventana.
Ve oradan pencereye yaslanabildi.
Solía sentir una gran sensación de libertad al hacer esto.
Bunu yaparken büyük bir özgürlük duygusu hissederdi.
Quizás estaba buscando algún viejo sentimiento liberador.
Belki de eski, özgürleştirici bir duygu arıyordu.
Pero su visión no era tan nítida como solía ser.
Ama görüşü eskisi kadar keskin değildi.
Las cosas a cierta distancia se veían borrosas e indistintas.
Biraz uzaktaki nesneler bulanık ve belirsizdi.
Ya no podía ver el hospital al otro lado de la calle.
Karşıdaki hastaneyi artık göremiyordu.
Antes había maldecido la vista, ahora quería verla.
Daha önce manzaradan nefret ederdi, şimdi ise onu görmek istiyordu.
Sabía que vivía en la tranquila y urbana Charlottenstrasse.
Charlottenstrasse'nin sakin, kentsel bir bölge olduğunu biliyordu.
Pero podría haber pensado que estaba mirando el desierto.
Ama çöle baktığını sanmış olabilir.
Un páramo donde el cielo gris y la tierra gris se fusionaban.
Gri gökyüzü ve gri toprağın birleştiği bir çorak arazi.
La atenta hermana notó dos veces que la silla se había movido.

Dikkatli hemşire, sandalyenin iki kez yer değiştirdiğini fark etti.

Después de ordenar, empujó la silla hacia la ventana.

Ortamı toparladıktan sonra sandalyeyi pencerenin önüne itti.

Y a partir de ahora incluso dejó la ventana abierta.

Ve bundan sonra pencere kanadını bile açık bırakmaya başladı.

Gregor realmente hubiera deseado poder hablar con su hermana.

Gregor gerçekten de kız kardeşiyle konuşabilmeyi çok isterdi.

Quería agradecerle por todo lo que hizo por él.

Ona yaptığı her şey için teşekkür etmek istedi.

Entonces habría tolerado más fácilmente sus servicios.

O zaman onların hizmetlerine daha kolay katlanırdı.

Pero tal como estaban las cosas, él sufrió por su ayuda.

Ama işler öyle gelişti ki, kadının ona yardım etmesi yüzünden o da zarar gördü.

La hermana, por supuesto, intentó disimular la vergüenza.

Kız kardeş elbette bu utanç verici durumu örtbas etmeye çalıştı.

Y ella hizo todo lo posible para fingir que no se sentía agobiada.

Ve o da kendini yük altında hissetmiyormuş gibi davranmak için elinden gelenin en iyisini yaptı.

Por supuesto, esto es algo que tenía que practicar primero.

Elbette bunu önce pratik yapması gerekiyordu.

Y cuanto más tiempo pasaba, mejor lo hacía.

Ve zaman geçtikçe bu konuda daha da iyi oldu.

Pero a Gregor también se le dio más tiempo para ver su pretensión.

Ancak Gregor'a onun numaralarını görmesi için daha fazla zaman da verildi.

Incluso su entrada a su habitación fue una prueba para él.

Onun odasına girmesi bile onun için bir eziyetti.

Tan pronto como entró, corrió directamente a la ventana.

İçeri girer girmez doğruca pencereye koştu.

Ni siquiera se tomó el tiempo de cerrar la puerta.

Kapıyı kapatmaya bile vakit ayırmadı.
Normalmente ella evitaba que todos vieran la habitación de Gregor.
Normalde Gregor'un odasını kimseden saklardı.
Y abrió la ventana de golpe con manos apresuradas.
Ve aceleyle elleriyle pencereyi hızla açtı.
Luego volvió a respirar como si se estuviera asfixiando.
Sonra sanki boğuluyormuş gibi tekrar nefes aldı.
El aire que entraba era frío y ella respiraba profundamente.
İçeri giren hava soğuktu ve kadın derin bir nefes aldı.
Pero aún así se quedó junto a la ventana por un rato.
Ama yine de bir süre pencerenin yanında kaldı.
Con esta rutina asustaba a Gregor dos veces al día.
Bu rutiniyle Gregor'u günde iki kez korkutuyordu.
Mientras ella estaba en la habitación él temblaba debajo del sofá.
Kadın odadayken adam kanepenin altında titriyordu.
Él sabía que a ella le habría gustado ahorrarle esa terrible experiencia.
Onun kendisini bu zorlu süreçten kurtarmak isteyeceğini biliyordu.
Pero ella no podía estar en la habitación con la ventana cerrada.
Ama penceresi kapalı olan odada kalamazdı.
Hubo una ocasión en que ella llegó un poco antes.
Bir keresinde biraz daha erken gelmişti.
Probablemente alrededor de un mes después de la transformación de Gregor.
Muhtemelen Gregor'un dönüşümünden yaklaşık bir ay sonra.
Ella se había acostumbrado un poco a su nueva apariencia.
Onun yeni görünümüne bir nebze de olsa alışmıştı.
Así que ya no tenía por qué estar particularmente sorprendida.
Bu yüzden artık özellikle şaşırması için bir sebep kalmamıştı.
Ella lo encontró todavía mirando por la ventana, inmóvil.
Onu hâlâ pencereden dışarı bakarken, hareketsiz bir şekilde buldu.

Estaba en el lugar más horrible en el que podría haber estado.

Olabilecek en korkunç yerdeydi.

No le habría sorprendido si ella no hubiera entrado.

Eğer içeri girmeseydi şaşırmazdı.

Donde le impidió abrir la ventana.

Onun pencereyi açmasını engellediği yer orasıydı.

Ella salió rápidamente de la habitación y cerró la puerta.

Hızla tekrar odadan çıktı ve kapıyı kapattı.

Un extraño podría haber llegado a todo tipo de conclusiones.

Bir yabancı her türlü sonuca varabilirdi.

Quizás sólo estaba esperando la oportunidad de morderla.

Belki de onu ısırmak için fırsat kolluyordu.

Gregor, por supuesto, se escondió inmediatamente debajo del sofá.

Gregor elbette hemen kanepenin altına saklandı.

Pero tuvo que esperar hasta el mediodía para que su hermana regresara.

Ama kız kardeşinin dönmesi için öğlene kadar beklemek zorunda kaldı.

Y ella parecía mucho más inquieta que de costumbre.

Ve her zamankinden çok daha huzursuz görünüyordu.

Se dio cuenta de que verlo todavía era insoportable.

Onun görüntüsünün hâlâ dayanılmaz olduğunu fark etti.

Verlo seguiría siendo insoportable para ella.

Onu görmek onun için dayanılmaz bir şey olmaya devam edecekti.

Probablemente no podría soportar ver ninguna parte de él.

Muhtemelen onun herhangi bir yerini görmeye tahammül edemiyordu.

Siempre sobresalía una pequeña parte de debajo del sofá.

Kanepenin altından her zaman küçük bir parça dışarı çıkıyordu.

Un día llevó una sábana sobre su espalda hasta el sofá.

Bir gün sırtında bir çarşaf taşıyarak kanepeye gitti.

Quería evitar que ella viera cualquier parte de él.

Onun vücudunun herhangi bir bölümünü görmesini
istemiyordu.
**Él dispuso la sábana de tal manera que todo él quedara
oculto.**
Çarşafı öyle bir şekilde düzeltti ki, vücudunun tamamı
gizlenmiş oldu.
Incluso si se agachara no podría verlo.
Eğilse bile onu göremezdi.
Todo el esfuerzo le llevó a Gregor más de tres horas.
Gregor'un bu işi halletmesi üç saatten fazla sürdü.
Quizás pensó que la sábana era innecesaria.
Çarşafın gereksiz olduğunu düşünmüş olabilir.
Ella habría sabido que él no quería la sábana.
Onun çarşafı istemediğini biliyor olmalıydı.
Lo hacía para su comodidad, no para la suya propia.
Bunu kendi iyiliği için değil, onun rahatı için yapıyordu.
Y podría haber quitado la sábana si hubiera querido.
İsteseydi çarşafı da kaldırabilirdi.
Pero dejó la sábana donde Gregor la había puesto.
Ama çarşafı Gregor'un koyduğu yerde bıraktı.
**Y Gregor incluso creyó haber captado una mirada de
agradecimiento.**
Gregor, karşısında minnettar bir bakış yakaladığını bile
düşündü.
Había levantado suavemente la sábana con la cabeza.
Başını kullanarak çarşafı yavaşça yukarı kaldırmıştı.
Quería ver si a su hermana le gustaba el arreglo.
Kız kardeşinin bu düzenlemeyi beğenip beğenmeyeceğini
görmek istedi.

**Las dos primeras semanas fueron las más difíciles para los
padres.**
İlk iki hafta ebeveynler için en zor haftalardı.
No pudieron animarse a entrar y verlo.
Bir türlü içeri girip onu görmeye cesaret edemediler.
Escuchó muchas de sus conversaciones en ese momento.
Bu sırada onların birçok konuşmasını duydu.

Reconocieron plenamente todo lo que hacía la hermana.
Rahibenin yaptıklarının hepsini tamamen kabul ettiler.
Aunque solían estar molestos con ella a menudo.
Eskiden sık sık ondan rahatsız olsalar bile.
Porque ella parecía ser una chica un tanto inútil.
Çünkü biraz işe yaramaz bir kız gibi görünüyordu.
Ahora eran ellos quienes esperaban al otro lado de la habitación.
Şimdi odanın diğer tarafında bekleyenler onlardı.
Y fue ella quien entró en la habitación a hacer todo.
Odaya girip her şeyi yapan da oydu.
Tan pronto como salió quisieron saberlo todo.
Dışarı çıktığı anda herkes her şeyi öğrenmek istedi.
Tenía que decirles exactamente cómo era la habitación.
Odanın tam olarak nasıl göründüğünü onlara anlatmak zorundaydı.
¿Qué comió Gregor? ¿Cómo se comportó esta vez?
"Gregor ne yedi? Bu sefer nasıl davrandı?"
"¿Quizás se notó una ligera mejoría?"
"Acaba gözle görülür bir iyileşme olmuş olabilir mi?"
La madre, por cierto, fue en realidad más valiente.
Bu arada, anne aslında daha cesurdu.
Y por supuesto, era su propio hijo el que estaba dentro de la habitación.
Ve elbette odanın içinde kendi oğlu vardı.
En realidad quería visitar a Gregor relativamente pronto.
Aslında Gregor'u nispeten yakın bir zamanda ziyaret etmek istiyordu.
Pero al principio el padre y la hermana la frenaron.
Ancak babası ve kız kardeşi başlangıçta onu engellediler.
Le dieron argumentos muy racionales para que no fuera.
Gitmemesi için çok mantıklı argümanlar öne sürdüler.
Gregor escuchó con mucha atención sus razonamientos.
Gregor onların gerekçelerini büyük bir dikkatle dinledi.
Y él aceptó el razonamiento tanto como su madre.
Ve o da bu gerekçeyi annesi kadar kabul etti.
Pero más tarde hubo que retenerla por la fuerza.

Ancak daha sonra zorla durdurulması gerekti.

"¡Déjame entrar con Gregor, es mi desdichado hijo!"

"Gregor'un yanına girmeme izin verin, o benim talihsiz oğlum!"

-¿No entiendes que tengo que ir a verlo?

"Onu görmeye gitmem gerektiğini anlamıyor musun?"

Gregor también se dejó convencer por los argumentos de su madre.

Gregor da annesinin argümanlarından ikna oldu.

Quizás tenía razón: sería bueno que entrara.

Belki de haklıydı; içeri girse iyi olurdu.

Venir a verlo todos los días sería demasiado.

Onu her gün görmeye gelmek çok fazla olurdu.

Pero verlo una vez a la semana podría ser suficiente.

Ama onu haftada bir kez görmek belki yeterli olabilir.

Ella podría entender las cosas mucho mejor que la hermana.

Kız kardeşinden çok daha iyi anlayabilir olayları.

A pesar de todo su coraje, ella todavía era sólo una niña.

Tüm cesaretine rağmen, o hala bir çocuktu.

Quizás la imprudencia infantil la impulsó a aceptar esa tarea.

Belki de çocukça bir pervasızlık onu bu görevi üstlenmeye itti.

Pero el deseo de Gregor de ver a su madre pronto se hizo realidad.

Ancak Gregor'un annesini görme dileği çok geçmeden gerçekleşti.

Durante el día Gregor se mantenía alejado de la ventana.

Gregor gündüzleri pencereden uzak duruyordu.

Lo hizo por consideración a sus padres.

Bunu anne babasına duyduğu saygıdan dolayı yaptı.

No tenía mucho espacio para arrastrarse por el suelo.

Yerde emekleyerek hareket edebileceği fazla alanı yoktu.

Le resultaba difícil permanecer quieto durante la noche.

Geceleri hareketsiz yatmakta zorlanıyordu.

Comer ya no le producía el más mínimo placer.

Yemek yemek ona artık en ufak bir zevk vermiyordu.

Por supuesto que tenía que encontrar alguna manera de distraerse.
Elbette dikkatini dağıtacak bir yol bulması gerekiyordu.
Para entretenerse se arrastraba por las paredes.
Kendini eğlendirmek için duvarlarda sürünerek yukarı aşağı hareket etti.
Y también se arrastró por el techo, boca abajo.
Ayrıca baş aşağı bir şekilde tavanda süründü.
Estaba especialmente feliz cuando colgaba del techo.
Tavandan sarkarken özellikle mutlu oluyordu.
Fue completamente diferente a estar tendido en el suelo.
Yere uzanmaktan tamamen farklıydı.
Le resultó mucho más fácil respirar en esta posición.
Bu pozisyonda nefes almanın çok daha kolay olduğunu fark etti.
Una ligera pero agradable vibración recorrió su cuerpo.
Vücudundan hafif ama hoş bir titreşim geçti.
A veces incluso se relajaba demasiado en su felicidad.
Bazen mutluluğuna fazla kapılıp gidiyordu.
A veces se distraía y se soltaba del techo.
Bazen dikkati dağılıyordu ve tavandan elini çekiyordu.
Y para su propia sorpresa, aterrizó de nuevo en el suelo.
Ve kendi şaşkınlığına rağmen yere geri düştü.
Pero tenía mucho mejor control de su cuerpo que antes.
Ama vücudunu eskisinden çok daha iyi kontrol edebiliyordu.
Para que ahora no se haga daño con caídas tan fuertes.
Bu yüzden artık o kadar büyük düşmelerden zarar görmüyor.
La hermana notó inmediatamente el nuevo placer de Gregor.
Rahibe, Gregor'un yeni zevkini hemen fark etti.
Y había restos de adhesivo donde se había arrastrado.
Süründüğü yerlerde yapıştırıcı izleri vardı.
Aquí nuevamente la hermana pensó en el bienestar de Gregor.
Burada da kız kardeş yine Gregor'un sağlığını düşündü.
Quizás apreciaría más espacio para gatear.
Belki de etrafta sürünmek için daha fazla alana ihtiyacı olurdu.

Y la idea se instaló firmemente en su cabeza.
Ve bu fikir kafasında iyice yerleşti.
Algunos de los muebles de gran tamaño impedían su libre movimiento.
Büyük mobilyaların bazıları onun serbest hareket etmesini engelliyordu.
Ya no trabajaba así que no necesitaba el escritorio.
Artık çalışmıyordu, bu yüzden masaya ihtiyacı yoktu.
Y la caja ocupaba más espacio del necesario. ***
Ayrıca kutu gereğinden fazla yer kaplıyordu. ***
La hermana no era capaz de mover estas cosas sola.
Kız kardeş bu eşyaları tek başına taşıyamadı.
Por supuesto que no se atrevió a pedirle ayuda al padre.
Elbette babasından yardım istemeye cesaret edemedi.
La criada seguramente tampoco la habría ayudado.
Hizmetçi de ona kesinlikle yardım etmezdi.
La nueva criada era de hecho un año más joven que ella.
Yeni hizmetçi, aslında ondan bir yaş daha küçüktü.
Ella había asumido valientemente el papel de ex sirvienta.
Eski hizmetçinin rollerini cesurca üstlenmişti.
Pero había un privilegio que ella insistía en tener.
Ama onun ısrarla sahip olmak istediği bir ayrıcalık vardı.
Ella quería mantener la cocina cerrada en todo momento.
Mutfağın kapısının her zaman kilitli kalmasını istiyordu.
Así que la hermana no tuvo más remedio que preguntarle a su madre.
Bu yüzden kız kardeşin annesinden rica etmekten başka çaresi kalmadı.
Con gritos de emocionada alegría la madre acudió a ayudar.
Anne, heyecanlı sevinç çığlıklarıyla yardıma koştu.
Pero ella se quedó en silencio en la puerta de la habitación de Gregor.
Ama Gregor'un odasının kapısında sustu.
La hermana comprobó que todo en la habitación estuviera bien.
Hemşire odadaki her şeyin yolunda olup olmadığını kontrol etti.

Gregor había tirado apresuradamente la sábana aún más fuerte.
Gregor aceleyle çarşafı daha da sıkıca çekti.
Aunque la sábana todavía parecía colocada al azar.
Çarşaf hâlâ rastgele serilmiş gibi görünse de.
Y sólo entonces dejó que su madre entrara en la habitación.
Ancak o zaman annesinin odaya girmesine izin verdi.
Gregor también se abstuvo de espiar desde debajo de la sábana.
Gregor da çarşafın altından casusluk yapmaktan kaçındı.
Decidió no volver a ver a su madre esta vez.
Bu sefer annesini görmekten vazgeçmeye karar verdi.
Gregor estaba muy contento de que ella hubiera entrado.
Gregor, onun gelmiş olmasından bile yeterince memnundu.
"Pasa, no puedes verlo", dijo la hermana.
"İçeri gelin, onu göremezsiniz," dedi kız kardeş.
Gregor supuso que ella llevaba a su madre de la mano.
Gregor, kadının annesini elinden tutarak götürdüğünü varsaydı.
Entonces escuchó a las dos mujeres débiles moviendo los muebles.
Sonra iki güçsüz kadının mobilyaları hareket ettirdiğini duydu.
La hermana parecía reclamar la mayor parte del trabajo para ella misma.
Kız kardeş, işin büyük kısmını kendi üzerine almış gibiydi.
Su madre temía que se esforzara demasiado.
Annesi, kızının kendini fazla yoracağından endişeleniyordu.
Pero la hermana no hizo caso a estas advertencias.
Ama kız kardeş bu uyarılara hiç kulak asmadı.
Pero incluso después de quince minutos el progreso era muy lento.
Ancak on beş dakika geçmesine rağmen ilerleme çok yavaştı.
No habían conseguido mover los muebles muy lejos.
Mobilyaları fazla uzağa taşımayı başaramamışlardı.
Poco a poco empezaron a sentir una sensación de derrota.
Yavaş yavaş yenilgiyi hissetmeye başlıyorlardı.

La madre fue la primera en admitir la inutilidad.
Anne, çabaların sonuçsuz olduğunu ilk kabul eden kişi oldu.
"Quizás sería mejor dejar la caja aquí."
"Belki de kutuyu burada bırakmak daha iyi olur."
"La caja es demasiado pesada para que podamos moverla mucho más lejos".
"Kutu çok ağır, daha fazla taşıyamayız."
"Y no terminaremos antes de que llegue tu padre."
"Ve babanız gelmeden işimiz bitmeyecek."
Dejar la caja aquí le bloquearía aún más el camino.
"Burada kutuyu bırakmak onun yolunu daha da tıkayacaktır."
"¿Y podemos estar seguros de que le estamos haciendo un favor?"
"Peki, ona bir iyilik yaptığımızdan emin olabilir miyiz?"
Comenzaron a pensar que bien podría ser cierto lo opuesto.
Tam tersinin de doğru olabileceğini düşünmeye başladılar.
La visión de la pared vacía pesó mucho en su corazón.
Boş duvarın görüntüsü kalbine ağır bir yük gibi çöktü.
¿Quién diría que Gregor no se sentiría así también?
Gregor'un da aynı şekilde hissetmeyeceğinin garantisi yok, değil mi?
"Ya está acostumbrado a los muebles de su habitación."
"O, odasındaki mobilyalara zaten alışmış durumda."
"Podría sentirse aún más abandonado en una habitación vacía".
"Boş bir odada kendini daha da terk edilmiş hissedebilir."
Para entonces su voz se había reducido casi a un susurro.
Artık sesi neredeyse fısıltıya dönüşmüştü.
En realidad no sabía el paradero exacto de Gregor.
Gregor'un tam olarak nerede olduğunu bilmiyordu.
Ella no quería ni siquiera que él escuchara el sonido de su voz.
Sesini duymasını bile istemiyordu.
Aunque ella estaba segura de que él no la entendía.
Onun kendisini anlamadığından emindi.
"¿No parecería como si lo hubiéramos abandonado por completo?"

"Bu, ondan tamamen vazgeçtiğimiz anlamına gelmez mi?"
"¿No sentirá que lo estamos dejando solo?"
"Onu yalnız başına bırakıp gittiğimizi düşünmeyecek mi?"
"Deberíamos dejar la habitación exactamente como estaba".
"Odayı tam olarak olduğu gibi bırakmalıyız."
"Al final Gregor volverá con nosotros como antes."
"Gregor eninde sonunda eski haline dönecek."
"Entonces encontrará que todo sigue en su lugar."
"O zaman her şeyin hâlâ yerli yerinde olduğunu görecektir."
"Y olvidará mucho más fácilmente el período interino".
"Ve o, bu geçiş dönemini çok daha kolay unutacak."
Cuando Gregor escuchó estas palabras se dio cuenta de algo.
Gregor bu sözleri duyunca bir şeyin farkına vardı.
Su mente se había vuelto confusa durante los últimos dos meses.
Son iki aydır zihni karışmıştı.
La falta de interacción humana no había sido buena para él.
İnsanlarla etkileşim eksikliği ona iyi gelmemişti.
Realmente necesitaba la vida monótona en medio de su familia.
Ailesinin yanında geçireceği monoton hayata gerçekten ihtiyacı vardı.
¿Por qué si no habría hecho una exigencia tan absurda?
Aksi takdirde neden böyle saçma bir talepte bulunmuş olsun ki?
¿Qué sentido tenía vaciar su habitación?
Odasının boşaltılmasının ne gibi bir mantığı olabilirdi ki?
La cómoda habitación amueblada con muebles heredados.
Aile yadigarı mobilyalarla döşenmiş konforlu oda.
¿Por qué querría convertir ese calor conocido en una cueva?
Bildiği bu sıcaklığı neden bir mağaraya dönüştürmek istesin ki?
Una cueva donde poder arrastrarse en todas direcciones en paz.
İçinde gönül rahatlığıyla her yöne sürünebileceği bir mağara.
Pero una cueva en la que olvidó rápidamente su pasado humano.

Ama o, insan geçmişini hızla unuttuğu bir mağaraydı burası.

Tuvo que preguntarse si ya estaba cerca de olvidar.

Unutmaya çok yaklaşmış olup olmadığını merak etmek zorundaydı.

La voz de su madre lo había sacudido y lo había hecho recordar.

Annesinin sesi onu uyandırıp hatırlamasını sağlamıştı.

La voz que no había oído durante tanto tiempo.

Uzun zamandır duymadığı bir ses.

No había que quitar nada, todo tenía que quedar.

Hiçbir şey kaldırılmamalıydı; her şey olduğu gibi kalmalıydı.

Los muebles influyeron positivamente en su condición.

Mobilyalar onun sağlık durumunu olumlu yönde etkiledi.

Y no podría vivir sin este ancla en el pasado.

Ve geçmişle olan bu bağ olmadan başa çıkamazdı.

Los muebles impedían que se arrastrara sin sentido.

Mobilyalar onun anlamsızca etrafta sürünmesini engelliyordu.

Pero eso no fue una pérdida, sino más bien una gran ventaja.

Ama bu bir kayıp değildi; aksine, büyük bir avantajdı.

Lamentablemente la hermana tenía una opinión muy diferente.

Ne yazık ki kız kardeşinin bambaşka bir görüşü vardı.

Ella se había convertido en una especie de portavoz de Gregor.

Bir bakıma Gregor'un sözcüsü haline gelmişti.

Por supuesto que su opinión no era del todo injustificada.

Elbette onun görüşü tamamen haksız değildi.

Pero aquí la opinión de su madre tuvo que ser contradicha.

Ancak burada annesinin görüşüne karşı çıkılması gerekiyordu.

Ahora no era solo la caja la que había que retirar.

Artık sadece kutunun kaldırılması gerekmiyordu.

Ni su escritorio ni el armario podían permanecer allí.

Masası ve gardırobu da olduğu gibi kalamazdı.

Lo único imprescindible era el sofá.

Vazgeçilmez olan tek şey kanepeydi.

Ella no decidió esto sólo por desafío infantil.

Bu kararı sadece çocukça bir isyankarlıktan almadı.
Tampoco fue su recientemente adquirida confianza en sí misma.
Bu, onun yakın zamanda kazandığı özgüven de değildi.
La nueva confianza que tuvo que trabajar muy duro para ganar.
Bu yeni özgüven, kazanmak için çok çalışmasına olanak sağladı.
Aunque nadie esperaba que ella pudiera hacerlo.
Bunu başarabileceğini kimse beklemiyordu.
Gregor realmente necesitaba mucho espacio para gatear.
Gregor'un emeklemek için gerçekten de çok fazla alana ihtiyacı vardı.
Los muebles sólo limitaban el espacio del que disponía.
Mobilyalar, sahip olduğu alanı yalnızca sınırlıyordu.
Ella podía ver estas cosas mejor que la madre.
Bu şeyleri annesinden daha iyi görebiliyordu.
Pero quizá su espíritu romántico también jugó un papel.
Ama belki de romantik ruhu da bunda rol oynamıştır.
Las niñas de esa edad suelen desarrollar cierto entusiasmo.
Bu yaşlardaki kızlar genellikle belirli bir coşku kazanırlar.
Y sienten la necesidad de salirse con la suya siempre que pueden.
Ve ne zaman fırsat bulsalar kendi isteklerini elde etme ihtiyacı hissediyorlar.
Quizás por eso quería sabotearlo en secreto.
Belki de bu yüzden onu gizlice sabote etmek istedi.
Es aún más aterrador cuando se arrastra por las paredes.
Duvarlarda süründüğünde daha da korkutucu oluyor.
Los padres ya no se atrevían a entrar en la habitación.
Anne ve baba artık odaya girmeye cesaret edemiyorlardı.
Ella realmente sería la única cuidadora de su hermano.
Gerçekten de kardeşinin tek bakıcısı o olacaktı.
Ella no dejó que su madre la persuadiera de lo contrario.
Annesinin onu aksine ikna etmesine izin vermedi.
La madre de Gregor ya se sentía incómoda en la habitación.
Gregor'un annesi odada zaten huzursuz hissediyordu.

Pronto dejó de hablar y ayudó nuevamente a su hija.
Kısa süre sonra konuşmayı kesti ve kızına tekrar yardım etti.
Con las fuerzas que les quedaban retiraron el armario.
Kalan güçleriyle gardırobu yerinden söktüler.
La cómoda era algo de lo que podía prescindir.
Komodin onun için gereksizdi.
Pero el escritorio tendría que quedarse allí por el momento.
Ama masa şimdilik yerinde kalmak zorundaydı.
Mientras las mujeres estaban ausentes, trató de evaluar la habitación.
Kadınlar odadan çıktıktan sonra, adam odayı
değerlendirmeye çalıştı.
Y Gregor asomó la cabeza por debajo del sofá.
Gregor da kanepenin altından kafasını uzattı.
Tenía que ver qué podía hacer con la situación.
Durum karşısında ne yapabileceğine bakması gerekiyordu.
Pero fue lo más cuidadoso y considerado posible.
Ama o, olabildiğince dikkatli ve düşünceli davrandı.
Desgraciadamente fue la madre quien regresó primero.
Maalesef ilk dönen anne oldu.
Grete todavía estaba moviendo el armario en la habitación de al lado.
Grete hâlâ yan odadaki gardırobu taşıyordu.
Pero la madre no estaba acostumbrada a ver a Gregor.
Ama anne Gregor'u görmeye alışık değildi.
Incluso un simple vistazo a él podría haberla enfermado.
Onu şöyle bir görmek bile onu hasta edebilirdi.
Gregor se apresuró a retroceder hasta el otro extremo del sofá.
Gregor hızla geriye, kanepenin en ucuna doğru gitti.
Pero no podía retroceder y equilibrar la sábana.
Ama geri çekilip çarşafı dengeleyemedi.
El movimiento fue suficiente para llamar la atención de la madre.
Bu hareket annenin dikkatini çekmeye yetti.
Ella hizo una pausa y se quedó muy quieta por un breve momento.

Durakladı ve kısa bir süre hareketsiz kaldı.

Luego se dio la vuelta y salió de la habitación.

Sonra arkasını döndü ve odadan çıktı.

Gregor seguía diciéndose a sí mismo que no había ocurrido nada inusual.

Gregor kendi kendine olağanüstü bir şey olmadığını söyleyip durdu.

"Son sólo algunos muebles que se han llevado".

"Sadece bazı mobilyalar götürüldü."

Pero pronto tuvo que admitir que los acontecimientos le afectaron.

Ancak kısa süre sonra olayların kendisini etkilediğini kabul etmek zorunda kaldı.

Las mujeres habían estado diciendo todo lo que estaban haciendo.

Kadınlar yaptıkları her şeyi söylüyorlardı.

Habían estado caminando de un lado a otro por la habitación.

Odanın içinde ileri geri yürüyorlardı.

El rayado de todos los muebles en el suelo.

Mobilyaların yerde çıkardığı sürtünme sesleri.

Se sentía como si lo atacaran desde todos lados.

Her yönden saldırıya uğradığını hissetti.

Apretó la cabeza y las piernas lo más fuerte que pudo.

Başını ve bacaklarını olabildiğince sıkıca içeri çekti.

Con todas sus fuerzas presionó su cuerpo contra el suelo.

Tüm gücüyle vücudunu yere bastırdı.

Sabía que no podría soportar todo esto por mucho más tiempo.

Bütün bunlara daha fazla dayanamayacağını biliyordu.

Vaciaron su habitación y se llevaron todo lo que amaba.

Odasını boşalttılar ve sevdiği her şeyi aldılar.

Ya se habían llevado la caja que contenía todas sus herramientas.

İçinde tüm aletlerin bulunduğu kutuyu çoktan almışlardı.

Ahora estaban aflojando su pesado escritorio del suelo.

Şimdi de ağır çalışma masasını yerden sökmeye başladılar.

El escritorio en el que había trabajado después de regresar del trabajo.
İşten döndükten sonra üzerinde çalıştığı masa.
El escritorio en el que había escrito sus tareas comerciales.
İşle ilgili ödevlerini yazdığı masa.
El escritorio en el que había hecho sus deberes en la escuela secundaria.
Ortaokulda ödevlerini yaptığı masa.
Sí, ya había tenido este pupitre en la escuela primaria.
Evet, bu sırayı ilkokuldayken de kullanmıştı.
Realmente no tuvo tiempo de confirmar sus buenas intenciones.
Onların iyi niyetlerini teyit etmek için gerçekten vakti yoktu.
Aunque ya casi había olvidado que estaban allí.
Gerçi onların orada olduğunu neredeyse unutmuştu zaten.
Porque trabajaban en silencio, por el cansancio.
Yorgunluktan dolayı sessizce çalışıyorlardı.
Estaban demasiado cansados para anunciar sus movimientos ahora.
Hareketlerini şu an açıklayacak kadar enerjileri kalmamıştı.
Lo único que oyó fueron sus pesados pasos en el suelo.
Duyduğu tek şey, yerde yankılanan ağır ayak sesleriydi.
Justo en ese momento estaban apoyados sobre la caja.
Tam o anda kutuya yaslanmışlardı.
Y entonces Gregor salió de debajo del sofá.
İşte o sırada Gregor kanepenin altından çıktı.
Cambió la dirección en la que corría cuatro veces.
Koştuğu yönü dört kez değiştirdi.
No podía decidir qué elemento debía salvarse primero.
Hangi eşyanın önce kurtarılması gerektiğine karar veremedi.
De repente su atención se dirigió a la pared vacía.
Birdenbire dikkati boş duvara yöneldi.
Lo único que le quedó fue la fotografía de la dama con pieles.
Ona kalan tek şey kürk giymiş kadının resmiydi.
Se arrastró hasta la imagen para presionar su cuerpo contra el de ella.

Resme doğru sürünerek vücudunu ona bastırdı.
Y su cuerpo cubrió completamente la vista de la imagen.
Ve bedeni resmin görüntüsünü tamamen kapattı.
El vaso lo sostuvo y reconfortó su vientre caliente.
Bardak onu ayakta tuttu ve sıcak karnını rahatlattı.
Esta fotografía ya no se la pudieron quitar.
Bu fotoğraf artık ondan alınamazdı.
Luego giró la cabeza hacia la puerta de la sala de estar.
Ardından başını oturma odasının kapısına doğru çevirdi.
Iba a observar mientras las mujeres regresaban a la habitación.
Kadınlar odaya geri dönerken onları izleyecekti.
Y no descansaron mucho antes de regresar nuevamente.
Ve çok geçmeden tekrar geri döndüler.
El brazo de Grete rodeaba a su madre para ayudarla a caminar.
Grete, annesinin yürümesine yardımcı olmak için kolunu onun omzuna atmıştı.
"¿Qué nos llevamos ahora?" dijo Grete y miró a su alrededor.
"Şimdi ne alacağız?" dedi Grete ve etrafına bakındı.
Justo en ese momento su mirada se encontró con los ojos de Gregor.
Tam o anda bakışları Gregor'un gözleriyle kesişti.
A pesar del shock, mantuvo la presencia de ánimo.
Yaşadığı şoka rağmen soğukkanlılığını korudu.
Probablemente sólo por la presencia de su madre.
Muhtemelen sadece annesinin varlığı yüzünden.
Ella inclinó su rostro hacia su madre, cubriéndole la vista.
Yüzünü annesine doğru eğerek, onun görüşlerini engelledi.
Y entonces dijo, aunque temblorosa y desconsiderada:
Ve sonra, titreyerek ve düşünmeden şöyle dedi:
-Vamos, ¿no deberíamos volver a la sala de estar?
"Hadi ama, oturma odasına geri dönsek olmaz mı?"
Gregor podía comprender fácilmente las intenciones de la hermana.
Gregor, kız kardeşinin niyetini kolaylıkla anlayabiliyordu.
Su primera prioridad fue poner a su madre a salvo.

Onun önceliği annesini güvenli bir yere götürmekti.
Pero luego ella iba a perseguirlo desde la pared.
Ama sonra onu duvardan aşağı kovalayacaktı.
«¡Pues claro que puede intentarlo!», pensó Gregor para sus adentros.
"Elbette denemeye çalışabilir!" diye düşündü Gregor içinden.
Se sentó firmemente sobre su imagen y no renunció a ella.
Resminin üzerinde sıkıca oturdu ve onu bırakmadı.
Preferiría haberle saltado en la cara a la hermana.
Kız kardeşinin yüzüne atlamayı tercih ederdi.
Pero las palabras de Grete preocuparon aún más a su madre.
Ancak Grete'nin sözleri annesini daha da endişelendirmişti.
Ella se hizo a un lado para ver lo que le ocultaban.
Gizlenen şeyin ne olduğunu görmek için kenara çekildi.
Y vio la mancha marrón en el papel pintado floreado.
Ve çiçek desenli duvar kağıdındaki kahverengi lekeyi gördü.
Y ella gritó antes de darse cuenta de que era Gregor.
Ve Gregor olduğunu anlamadan önce bile çığlık attı.
"Oh Dios", gritó con los brazos extendidos.
"Aman Tanrım!" diye bağırdı kollarını açarak.
Y ella se dejó caer en el sofá como si se hubiera rendido.
Ve sanki pes etmiş gibi kanepeye yığıldı.
—¡Gregor! —gritó la hermana levantando el puño.
"Gregor!" diye bağırdı kız kardeşi yumruğunu kaldırarak.
Y ella le dirigió una mirada larga, dura y penetrante.
Ve ona uzun, sert ve delici bir bakış attı.
Esta era la primera vez que hablaba con él directamente.
Onunla ilk kez doğrudan konuşuyordu.
Corrió a la habitación de al lado para conseguir algunas sales aromáticas.
Koşarak yan odaya gitti ve biraz amonyak kokusu giderici sprey aldı.
Tenía que devolverle la conciencia a su madre.
Annesini yeniden bilincine getirmek zorunda kaldı.
Gregor quería ayudar, podría salvar la imagen más tarde.
Gregor yardım etmek istedi, fotoğrafı daha sonra kurtarabilirdi.

Pero él se había quedado firmemente pegado al cristal.
Ama cama iyice yapışmıştı.
Entonces tuvo que apartarse usando mucha fuerza.
Bu yüzden kendini oradan kurtarmak için büyük bir güç
kullanmak zorunda kaldı.
**Él también corrió a la habitación de al lado, donde estaba la
hermana.**
O da hemen yan odaya koştu, orada kız kardeş vardı.
En el pasado podría haberle dado algún consejo.
Eski zamanlarda ona bazı tavsiyelerde bulunabilirdi.
**Pero ahora no podía hacer nada más que quedarse de brazos
cruzados y observar.**
Ama artık yapabileceği tek şey, hiçbir şey yapmadan öylece
durup izlemekti.
Revolvió el cajón y abrió varias botellas.
Çekmecenin içini karıştırdı ve çeşitli şişeleri açtı.
Y todavía la asustó cuando ella se dio la vuelta.
Kadın arkasını döndüğünde bile adam onu hâlâ
korkutuyordu.
Una botella cayó al suelo, se rompió y se astilló.
Bir şişe yere düştü, kırıldı ve parçalara ayrıldı.
Una astilla de vidrio golpeó la cara de Gregor y lo hirió.
Bir cam parçası Gregor'un yüzüne isabet etti ve onu yaraladı.
La botella contenía algún tipo de líquido cáustico.
Şişenin içinde bir çeşit aşındırıcı sıvı vardı.
Y ahora el líquido corrosivo quemaba la cara de Gregor.
Ve şimdi aşındırıcı sıvı Gregor'un yüzünü yakıyordu.
**Sin embargo, la hermana no tenía tiempo para Gregor en ese
momento.**
Ancak kız kardeşin şu anda Gregor'la ilgilenecek vakti yoktu.
Ella recogió tantas botellas como pudo.
Elinden geldiğince çok şişe aldı.
Y ella corrió de nuevo hacia su madre con la medicina.
Ve ilaçla birlikte annesinin yanına koştu.
Ella cerró la puerta con el pie, dejando afuera a Gregor.
Kapıyı ayağıyla sertçe çarparak Gregor'u dışarıda bıraktı.

Ahora estaba separado de su madre, que estaba potencialmente moribunda.
Artık ölmek üzere olan annesinden tamamen kopmuştu.
Si abriera la puerta, echaría a la hermana.
Kapıyı açarsa kız kardeşini kovardı.
Pero por supuesto tuvo que quedarse para cuidar a la madre.
Ama elbette annesine bakmak için kalmak zorundaydı.
Ya no podía hacer nada más que esperarlos.
Artık yapabileceği tek şey onları beklemekti.
Acosado por el autorreproche y la ansiedad, comenzó a gatear.
Kendini suçlama ve kaygıdan bunalmış bir halde emeklemeye başladı.
Se arrastró por todas partes: las paredes, los muebles, el techo.
Her yere süründü; duvarlara, mobilyalara, tavana.
Sintió como si toda la habitación girara a su alrededor.
Bütün odanın etrafında döndüğünü hissetti.
Finalmente, desesperado y mareado, volvió a caer.
Sonunda, umutsuzluğa ve baş dönmesine kapılarak yere düştü.
Y cayó justo encima de la gran mesa del comedor.
Ve tam da büyük yemek masasının üzerine düştü.
Pasó algún tiempo tendido allí, entumecido e incapaz de moverse.
Bir süre orada uyuşmuş ve hareket edemez halde yattı.
Estaba exhausto por todo lo que el día le había traído.
Günün getirdiği her şeyden dolayı bitkin düşmüştü.
Todo estaba tranquilo, pero tal vez eso era una buena señal.
Etraf tamamen sessizdi, ama belki de bu iyiye işaretti.
Entonces, rompiendo el silencio, sonó el timbre de la puerta de afuera.
Ardından, sessizliği bozan bir şekilde, dışarıdaki zil çaldı.
La criada, por supuesto, se había encerrado en su cocina.
Hizmetçi kadın elbette kendini mutfağa kilitlemişti.
Así que la hermana era la única que podía abrir la puerta.
Dolayısıyla kapıyı açabilecek tek kişi kız kardeşti.

"¿Qué pasó?" fue lo primero que preguntó el padre.
"Ne oldu?" diye sordu baba ilk olarak.
La aparición de Grete probablemente le había dicho todo.
Grete'nin görünüşü muhtemelen ona her şeyi anlatmıştı.
La voz de Grete se volvió apagada y apagada mientras hablaba.
Grete konuşurken sesi boğuk ve cansız bir hal aldı.
Ella debió haber presionado su cara contra el pecho de su padre.
Yüzünü babasının göğsüne yaslamış olmalıydı.
"La madre estaba inconsciente, pero ahora se siente mejor".
"Annem bilincini kaybetmişti, ama şimdi daha iyi hissediyor."
—Gregor ha escapado —añadió, tal como él esperaba.
"Gregor kaçtı," diye ekledi kadın, ki bu da adamın beklediği bir şeydi.
"Siempre te dije que algún día se escaparía."
"Sana hep bir gün kaçacağını söylemiştim."
—Pero vosotras, las mujeres, no quisisteis escucharme, ¿verdad?
"Ama siz kadınlar beni dinlemek istemediniz, değil mi?"
Gregor se dio cuenta rápidamente de cómo veía las cosas su padre.
Gregor, babasının olaylara nasıl baktığını çabucak anladı.
Había malinterpretado el mensaje demasiado breve de Grete.
Grete'nin aşırı kısa mesajını yanlış anlamıştı.
Supuso que Gregor había cometido algún acto de violencia.
Gregor'un bir şiddet eylemi gerçekleştirdiğini varsaydı.
Gregor tenía que encontrar una manera de apaciguar a su padre de alguna manera.
Gregor bir şekilde babasını yatıştırmanın yolunu bulmalıydı.
Porque no tuvo tiempo de explicarle las cosas.
Çünkü ona her şeyi açıklayacak vakti yoktu.
Pero de todos modos no habría podido explicar las cosas.
Ama zaten hiçbir şekilde olayları açıklayamazdı.
Entonces huyó hacia la puerta y se pegó a ella.
Bunun üzerine kapıya koştu ve kendini kapıya dayadı.

De esa manera su padre podría verlo desde la antesala.
Bu sayede babası onu antreden görebiliyordu.
Y podría ver que tenía las mejores intenciones.
Ve böylece en iyi niyetlerle hareket ettiğini görebilecekti.
No había necesidad de empujarlo con una escoba.
Onu süpürgeyle geri itmeye hiç gerek yoktu.
Lo único que el padre habría tenido que hacer era abrir la puerta.
Babanın yapması gereken tek şey kapıyı açmaktı.
Pero él no estaba de humor para notar tales sutilezas.
Ama o, bu tür incelikleri fark edecek havada değildi.
"¡Ahí estás!" exclamó nada más entrar.
İçeri girer girmez "İşte buradasın!" diye haykırdı.
Era como si estuviera enojado y feliz al mismo tiempo.
Sanki aynı anda hem kızgın hem de mutluydu.
Echó la cabeza hacia atrás y miró al padre.
Başını geriye çekti ve babasına baktı.
No se había imaginado que su padre estuviera allí así.
Babasının orada öylece duracağını hiç hayal etmemişti.
Pero en los últimos tiempos había encontrado una nueva distracción.
Ancak son zamanlarda yeni bir oyalama kaynağı bulmuştu.
Gatear ahora ocupaba gran parte de su día.
Artık gününün büyük bir bölümünü emekleyerek geçiriyordu.
Antes, él estaba al tanto de todas las novedades que ocurrían en el apartamento.
Önceden, apartmandaki tüm haberleri takip ederdi.
Pero últimamente no había estado prestando tanta atención.
Ama son zamanlarda pek dikkat etmiyordu.
Debería haber estado preparado para afrontar los cambios.
Değişikliklerle karşılaşmaya hazırlıklı olmalıydı.
Sin embargo, ¿era este hombre que tenía delante todavía el padre?
Yine de, karşısındaki bu adam hâlâ baba mıydı?
¿Era él el mismo hombre que solía yacer cansado en su cama?
Eskiden yatağında yorgun argın yatan adam aynı kişi miydi?

Cuando Gregor ya se había ido de viaje de negocios.
Gregor çoktan iş seyahatine çıkmıştı.
¿Era él el mismo hombre que lo saludaba por las noches?
Akşamları onu karşılayan adam aynı kişi miydi?
Cuando estaba en bata en su sillón.
Sabahlık giymiş halde koltuğunda otururken.
¿Era el mismo hombre que no pudo levantarse a darle la bienvenida?
O, onu karşılamak için ayağa kalkamayan aynı adam mıydı?
Entonces, permaneciendo sentado, levantó el brazo en señal de alegría.
Oturduğu yerden kalkmadan, sevinç işareti olarak kolunu kaldırdı.
¿Era el mismo hombre con el que salía a caminar de vez en cuando?
Ara sıra birlikte yürüyüşe çıktığı adam aynı kişi miydi?
En raras ocasiones: algunos domingos al año o días festivos.
Nadiren: yılda birkaç Pazar günü veya resmi tatillerde.
¿Era el mismo hombre que caminaba envuelto en su abrigo?
Paltosuna sarınmış halde yürüyen adam aynı kişi miydi?
¿Avanzó lentamente, entre la madre y él?
Acaba doğum sancıları yavaş yavaş, anne ile kendi arasında mı başladı?
Y ellos ya caminaban lentamente por causa de él.
Zaten onun yüzünden yavaş yürüyorlardı.
Pero ahora este hombre estaba de pie, fuerte y erguido.
Ama şimdi bu adam dimdik ve güçlü bir şekilde ayakta duruyordu.
Estaba vestido con un uniforme azul con botones dorados.
Üzerinde altın düğmeli mavi bir üniforma vardı.
Botones que llevan los empleados de las instituciones bancarias.
Bankacılık kurumlarında çalışanların taktığı düğmeler.
Por encima del rígido cuello emergía su fuerte papada.
Sert yakasının üzerinden belirgin çift çenesi ortaya çıktı.
Bajo sus pobladas cejas se asomaban sus ojos negros.
Gür kaşlarının altından siyah gözleri dışarı bakıyordu.

Ahora sus ojos parecían penetrantes, frescos y alertas.
Şimdi gözleri delici, canlı ve tetikte görünüyordu.
El cabello blanco, anteriormente despeinado, fue peinado hacia abajo.
Daha önce dağınık olan beyaz saçlar düzleştirildi.
Y su cabello ahora tenía una meticulosa raya central.
Saçları artık özenle ortadan ayrılmıştı.
Arrojó su sombrero, que estaba adornado con un monograma dorado.
Üzerinde altın bir monogram bulunan şapkasını fırlattı.
Probablemente era el monograma del banco en el que trabajaba.
Muhtemelen çalıştığı bankanın monogramıydı.
Y el sombrero aterrizó en el sofá, para guardarlo más tarde.
Şapka da daha sonra kaldırılmak üzere kanepenin üzerine düştü.
Empujó hacia atrás la parte inferior de la larga chaqueta del uniforme.
Uzun üniforma ceketinin etek kısmını geriye doğru itti.
Y metió los pulgares en los bolsillos de sus pantalones.
Ve başparmaklarını pantolonunun ceplerine soktu.
Y luego, con cara sombría, caminó hacia Gregor.
Ardından, yüzünde asık bir ifadeyle Gregor'a doğru yürüdü.
Probablemente ni siquiera sabía lo que planeaba hacer.
Muhtemelen ne yapmayı planladığını kendisi bile bilmiyordu.
Pero aún así levantó los pies inusualmente alto.
Ama yine de ayaklarını alışılmadık derecede yukarı kaldırdı.
Gregor estaba asombrado por el enorme tamaño de sus botas.
Gregor, çizmelerinin muazzam büyüklüğüne hayret etti.
Pero realmente no había tiempo para maravillarse con sus zapatos.
Ama ayakkabılarına hayran kalacak vakit gerçekten yoktu.
El padre había decidido aplicar una disciplina muy estricta.
Baba çok sıkı bir disiplin uygulamaya karar vermişti.
Para Gregor sólo era apropiada la mayor severidad.
Gregor için yalnızca en ağır ceza uygundu.

Él lo sabía desde el primer día de su transformación.
O, dönüşümünün ilk gününden itibaren bunu biliyordu.
Corrió hacia su padre y se detuvo cuando él se detuvo.
Babasına doğru koştu ve babası durunca o da durdu.
Corrió hacia él nuevamente cuando se movió de nuevo.
Adam tekrar hareket edince, o da hızla ona doğru koştu.
El padre se detuvo un momento y Gregor también.
Baba bir an duraksadı, Gregor da öyle.
Y corrió hacia adelante nuevamente tan pronto como su padre se movió.
Babası hareket eder etmez tekrar ileri atıldı.
De esta manera dieron varias vueltas alrededor de la habitación.
Bu şekilde odanın etrafında birkaç kez dolaştılar.
Nadie había conseguido aún ninguna ventaja decisiva.
Henüz kimse kesin bir üstünlük elde edememişti.
No se podría haber tenido la impresión de una persecución.
Bir kovalamaca izlenimi edinmek mümkün değildi.
Porque todo el acontecimiento se estaba produciendo demasiado lentamente.
Çünkü tüm etkinlik çok yavaş ilerliyordu.
Gregor había decidido quedarse en tierra.
Gregor yerde kalmaya karar vermişti.
Podría haber corrido por las paredes y a lo largo del techo.
Duvarlara ve tavana tırmanabilirdi.
Pero no quería provocar al padre innecesariamente.
Ama babayı gereksiz yere kışkırtmak istemedi.
Una huida así podría haber parecido especialmente perversa.
Böyle bir kaçış özellikle kötü niyetli görünebilirdi.
Gregor admitió que esta persecución no podía durar mucho más.
Gregor bu kovalamacanın daha fazla süremeyeceğini kabul etti.
Cada paso debía ir acompañado de una miríada de movimientos.
Her adım, sayısız hamleyle karşılanmalıydı.
Ya empezaba a sentir falta de aire.

Nefes darlığı hissetmeye başlamıştı bile.

Incluso antes nunca había tenido unos pulmones completamente confiables.

Daha öncesinde bile ciğerleri hiçbir zaman tamamen güvenilir olmamıştı.

Avanzó tambaleándose, guardando sus fuerzas para la carrera.

Sendelleyerek ilerledi, gücünü koşu için saklıyordu.

Estaba tan cansado que apenas podía mantener los ojos abiertos.

O kadar yorgundu ki gözlerini açık tutmakta bile zorlanıyordu.

Sus pensamientos se volvieron demasiado lentos para pensar en otras escapatorias.

Düşünceleri o kadar yavaşlamıştı ki başka kaçış yollarını düşünemez hale gelmişti.

Casi había olvidado que los muros estaban a su disposición.

Duvarların kendisine açık olduğunu neredeyse unutmuştu.

Pero de todos modos las paredes estaban ocultas detrás de los muebles.

Ama duvarlar zaten mobilyaların arkasında gizliydi.

Y los muebles tenían demasiadas muescas y protuberancias.

Mobilyaların çok fazla girinti ve çıkıntısı vardı.

Y luego, justo a su lado, rodando, había una manzana.

Ve hemen yanında, yuvarlanarak duran bir elma vardı.

La manzana debió haberle sido arrojada, se dio cuenta.

Elmanın kendisine fırlatılmış olması gerektiğini anladı.

Pero no tuvo tiempo de pensar antes de que llegara otra manzana.

Ama düşünmeye vakti kalmadan başka bir elma geldi.

Gregor se quedó paralizado por la nueva estrategia del padre.

Gregor, babasının yeni stratejisi karşısında şok içinde donakaldı.

Ya no podía ganar nada intentando huir.

Artık kaçmaya çalışmaktan hiçbir şey kazanamazdı.

El padre había decidido bombardearlo con fruta.

Baba, oğlunu meyvelerle boğmaya karar vermişti.
Se había llenado los bolsillos con lo que había en el frutero de la cocina.
Mutfaktaki meyve tabağından ceplerini doldurmuştu.
Sin apuntar especialmente, lanzó manzana tras manzana.
Hedef almadan, elma üstüne elma fırlattı.
Estas pequeñas manzanas rojas rodaban por el suelo.
Bu küçük kırmızı elmalar yerde yuvarlanıyordu.
Como si estuvieran electrificadas, las manzanas chocaron entre sí.
Sanki elektrik çarpmış gibi, elmalar birbirine çarptı.
Una de las manzanas lanzadas débilmente rozó la espalda de Gregor.
Zayıf bir şekilde fırlatılan elmalardan biri Gregor'un sırtını sıyırdı.
Afortunadamente para él, la manzana se deslizó sin sufrir daño.
Neyse ki elma zararsız bir şekilde elinden kayıp düştü.
Sin embargo, la manzana lanzada después fue más precisa.
Ancak sonradan atılan elma daha isabetliydi.
Y esta manzana se alojó profundamente en la espalda de Gregor.
Ve bu elma Gregor'un sırtına iyice saplandı.
Gregor quería alejarse del dolor.
Gregor kendini acıdan uzaklaştırmak istiyordu.
Quizás se pueda escapar de este nuevo e increíble dolor.
Belki de bu yeni, inanılmaz acıdan kurtulmak mümkün olabilir.
Quizás un cambio de ubicación aliviaría su agonía.
Belki yer değiştirmek çektiği acıyı hafifletebilir.
Pero se sentía como si lo hubieran clavado al suelo.
Ama kendini yere çivilenmiş gibi hissediyordu.
Se estiró, pero sólo debido a su confusión.
Gerindi, ama bu sadece kafa karışıklığından kaynaklanıyordu.
Sólo con su última mirada vio que la puerta se abría.
Kapının açıldığını ancak son bir bakışıyla fark etti.
La madre corrió hacia su hermana, que gritaba.

Anne, çığlık atan kız kardeşinin önüne fırladı.

La hermana la había desnudado, por lo que estaba en camisa.

Kız kardeşi onu soymuştu, bu yüzden sadece gömleğiyle kalmıştı.

Había necesitado respirar en su inconsciencia.

Bilinçsizliği sırasında nefes alma alanına ihtiyacı vardı.

Todavía veía cómo la madre corría hacia el padre.

Annenin babaya doğru koştuğunu hâlâ görüyordu.

Sus faldas se deslizaron hasta el suelo, una tras otra.

Etekleri birer birer yere kaydı.

La vio acercarse al padre y tropezar con su falda.

Kızın babaya doğru yaklaştığını ve eteğine takılıp düştüğünü gördü.

Abrazándolo, pidió que le perdonaran la vida a Gregor.

Onu kucaklayarak Gregor'un hayatının bağışlanmasını istedi.

En completa unión con su cuerpo, su vista falló.

Bedeniyle tam bir bütünleşme sonucu görme yeteneğini kaybetti.

Tercera parte
Üçüncü Bölüm

Gregor sufrió la grave lesión durante más de un mes.
Gregor, bir aydan fazla bir süre boyunca bu ağır sakatlıkla mücadele etti.
La manzana quedó incrustada; nadie se atrevió a sacarla.
Elma sapından ayrılmadı; kimse onu çıkarmaya cesaret edemedi.
La manzana permaneció en su carne como un recordatorio visible.
Elma, görünür bir hatırlatıcı olarak vücudunda kaldı.
Pero la manzana también sirvió como recordatorio para el padre.
Ancak elma aynı zamanda baba için de bir hatırlatma niteliği taşıyordu.
Se dio cuenta de que no debía tratar a Gregor como a un enemigo.
Gregor'a düşman gibi davranılmaması gerektiğini anladı.
Actualmente su apariencia puede ser triste y repugnante.
Şu anki görünümü üzücü ve iğrenç olabilir.
Pero aún así, seguía siendo un miembro de su familia.
Ancak yine de onların ailesinin bir üyesiydi.
Había que aceptar la reticencia y tolerarla.
Bu isteksizlik yutulmalı ve katlanılmalıydı.
Debido a su herida, es posible que haya perdido su movilidad para siempre.
Aldığı yara nedeniyle hareket kabiliyetini sonsuza dek kaybetmiş olabilir.
Todavía gateaba por su habitación, pero mucho más lento.
Odasında hâlâ emekleyerek dolaşıyordu, ama çok daha yavaş.
Arrastrarse a cualquier altura estaba fuera de cuestión.
Yüksek yerlerde sürünmek kesinlikle söz konusu bile değildi.
Pero Gregor recibió algún tipo de compensación.
Ancak Gregor bir tür tazminat aldı.
Por la noche se le abrió la puerta del salón.
Akşamları oturma odasının kapısı onun için açıldı.

- 103 -

Y consideró que estas reparaciones eran completamente adecuadas.
Ve bu tazminatların tamamen yeterli olduğunu düşünüyordu.
Antes del anochecer ya había empezado a vigilar la puerta.
Akşam olmadan önce bile kapıyı gözetlemeye başlamıştı.
Él yacía en la oscuridad, invisible desde la sala de estar.
Karanlıkta, oturma odasından görünmeyecek şekilde uzanıyordu.
Pudo ver a toda la familia en la mesa iluminada.
Aydınlatılmış masanın başında tüm aileyi görebiliyordu.
Ahora se le permitió escuchar sus conversaciones.
Artık onların konuşmalarını dinlemesine izin verilmişti.
Esto fue bastante diferente a su arreglo anterior.
Bu, önceki düzenlemelerinden oldukça farklıydı.
Las animadas conversaciones de tiempos pasados habían terminado.
Eskiden yaşanan o canlı sohbetler sona ermişti.
Éstas eran las conversaciones que tanto anhelaba.
İşte o, bu tür konuşmaları çok özlemişti.
Cuando dormía solo en pequeñas habitaciones de hotel.
Küçük otel odalarında yalnız başına uyurken.
Cuando tuvo que arrojarse entre las sábanas húmedas.
Kendini nemli yatak örtülerinin içine atmak zorunda kaldığında.
Pero ahora las tardes eran en su mayoría tranquilas y sin acontecimientos.
Ancak akşamlar artık çoğunlukla sakin ve olaysız geçiyordu.
El padre se quedó dormido en su sillón después de cenar.
Baba, akşam yemeğinden sonra koltuğunda uyuyakaldı.
Y la madre y la hermana se animaban mutuamente a guardar silencio.
Anne ve kız kardeş birbirlerini sessiz olmaya çağırdılar.
La madre, inclinada hacia la luz, cosía lino.
Anne, lambaya doğru eğilerek keten kumaş dikiyordu.
Ahora ella hace vestidos para una de las tiendas de moda.
Şimdi moda mağazalarından biri için elbiseler dikiyor.

**Al igual que Gregor, la hermana había conseguido un
trabajo como vendedora.**
Gregor gibi kız kardeşi de satış elemanı olarak işe girmişti.
Ella estaba aprendiendo taquigrafía y francés por las tardes.
Akşamları stenografi ve Fransızca öğreniyordu.
**Para que más adelante pudiera tal vez conseguir un mejor
puesto de trabajo.**
Böylece belki ileride daha iyi bir iş pozisyonu bulabilirdi.
A veces el padre se despertaba de sus siestas nocturnas.
Bazen baba akşam uykusundan uyanırdı.
"¡Cariño, ya llevas un buen rato cosiendo hoy!"
"Sevgilim, bugün çok uzun zamandır dikiş dikiyorsun!"
Parecía haber olvidado que había estado durmiendo.
Uyuduğunu unutmuş gibiydi.
Pero inmediatamente volvió a caer en un sueño profundo.
Ama o hemen tekrar uykuya daldı.
Y la madre y la hermana se sonrieron cansadamente.
Anne ve kız kardeş birbirlerine yorgun bir gülümsemeyle
baktılar.
El padre había desarrollado una extraña y nueva terquedad.
Babada garip bir inatçılık gelişmişti.
Incluso en casa se negó a quitarse el uniforme de sirviente.
Evde bile hizmetçi üniformasını çıkarmayı reddetti.
Y su bata colgaba inútilmente en la percha.
Ve sabahlığı askıda işe yaramaz bir şekilde asılı kaldı.
**Así pues, el padre dormía, completamente vestido, en su
sillón.**
Baba, giyinik halde koltuğunda uyudu.
Era como si siempre estuviera dispuesto a prestar su servicio.
Sanki her zaman hizmetini yerine getirmeye hazır gibiydi.
Como si estuviera esperando la voz de su superior.
Sanki amirinin sesini bekliyordu.
Esto provocó que su uniforme perdiera su limpieza.
Bu durum, üniformasının temizliğinin bozulmasına yol açtı.
Aunque el uniforme tampoco era nuevo cuando lo recibió.
Üniformayı aldığında da yeni değildi aslında.
Y la madre hizo todo lo posible para cuidar el uniforme.

Ve anne de üniformaya en iyi şekilde bakmaya çalıştı.
Gregor pasaba tardes enteras mirando este uniforme.
Gregor bütün akşamlarını bu üniformaya bakarak geçirdi.
Observó cómo el anciano dormía de manera muy incómoda.
Yaşlı adamın son derece rahatsız bir şekilde uyuduğunu
izledi.
Pero mientras dormía tambіén notó algo pacífico.
Ancak uykusunda huzurlu bir şey de fark etti.
Cuando el reloj dio las diez la madre intentó despertarlo.
Saat onu gösterdiğinde anne onu uyandırmaya çalıştı.
Ella habló en voz baja y lo convenció de ir a la cama.
Kadın sakin bir sesle konuştu ve onu yatağa gitmeye ikna etti.
Porque dormir en el sillón no era dormir de verdad.
Çünkü koltukta uyumak gerçek uyku değildi.
Iba a tener que empezar a trabajar a las seis en punto.
Saat altıda işe başlaması gerekecekti.
Así que realmente necesitaba dormir lo mejor posible.
Bu yüzden gerçekten de olabildiğince iyi uyuması
gerekiyordu.
Pero una nueva forma de terquedad se apoderó de él.
Fakat o, yeni bir tür inatçılığa kapılmıştı.
**Convertirse en sirviente había comenzado a tener ese efecto
en él.**
Hizmetçi olmak onda bu etkiyi yaratmaya başlamıştı.
Así que siempre insistía en quedarse más tiempo en la mesa.
Bu yüzden her zaman masada daha uzun süre kalmakta ısrar
ederdi.
**Aunque con regularidad volvía a quedarse dormido en su
silla.**
Yine de düzenli olarak koltuğunda uyuyakalıyordu.
Y sólo con la mayor dificultad pudo ser movido.
Ve onu yerinden oynatmak son derece zordu.
Tuvieron que decirle que la cama sería mejor para él.
Ona yatağın kendisi için daha iyi olacağı söylenmeliydi.
**Madre y hermana tuvieron que insistir con pequeñas
advertencias.**

Annem ve kız kardeşim, ufak tefek uyarılarla da olsa ısrar etmek zorunda kaldılar.

Durante quince minutos se limitó a menear lentamente la cabeza.

On beş dakika boyunca sadece yavaşça başını salladı.

Y mantuvo los ojos cerrados y se negó a levantarse.

Gözlerini kapalı tuttu ve kalkmayı reddetti.

La madre tiró de su manga, suavemente, pero con firmeza.

Anne, nazikçe ama kararlı bir şekilde oğlunun kolundan çekiştirdi.

Y ella susurró palabras halagadoras en sus oídos cansados.

Ve yorgun kulaklarına iltifat dolu sözler fısıldadı.

La hermana abandonó la tarea que tenía entre manos para ayudar a su madre.

Kız kardeş, annesine yardım etmek için yaptığı işi bıraktı.

Pero ninguno de sus esfuerzos funcionó con el padre.

Ama onların hiçbir çabası baba üzerinde işe yaramadı.

Se hundió aún más en su silla, preparado para dormir.

Uykuya dalmaya hazırlanarak koltuğuna daha da gömüldü.

Y finalmente las mujeres lo agarraron por las axilas.

Ve sonunda kadınlar onu koltuk altlarından yakaladılar.

Abrió los ojos y los miró alternativamente.

Gözlerini açtı ve onlara sırayla baktı.

"¡Qué vida ésta!" se quejó al irse a dormir.

Yatağa giderken, "Ne hayat ama!" diye yakındı.

"¿Es esta la paz que me ha sido dada en mi vejez?"

"Yaşlılığımda bana bahşedilen huzur bu mu?"

Pero entonces, apoyándose en las dos mujeres, se levantó torpemente.

Ama sonra, iki kadına yaslanarak, beceriksizce ayağa kalktı.

Actuó como si llevara la carga más pesada.

Sanki çok ağır bir yükü omuzlarında taşıyormuş gibi davrandı.

Dejó que las dos mujeres lo guiaran hasta el final de la habitación.

İki kadının kendisini odanın sonuna kadar götürmesine izin verdi.

Allí les deseó buenas noches y continuó su camino.
Orada onlara iyi geceler diledi ve kendi yoluna devam etti.
Pero la madre rápidamente arrojó su kit de costura.
Ama anne aceleyle dikiş takımını yere attı.
Y la hermana también dejó el bolígrafo y el bloc de notas.
Kız kardeş de kalemi ve not defterini bıraktı.
Y corrieron detrás del padre para ayudarle aún más.
Ve babalarına yardım etmek için onun arkasından koştular.
¿Quién en esta familia sobrecargada de trabajo tenía tiempo para Gregor?
Bu aşırı çalışan ailede Gregor'a vakit ayırabilecek kim vardı?
¿Quién podría haberle prestado más atención de la necesaria?
Ona gerekenden fazla ilgi göstermiş olabilecek kim vardı?
El presupuesto familiar se fue restringiendo cada vez más.
Hane halkı bütçesi giderek daha da kısıtlandı.
Al final, para ahorrar dinero, tuvieron que despedir a la criada.
Sonunda, para tasarrufu yapmak için hizmetçiyi işten çıkarmak zorunda kaldılar.
Fue reemplazada por una mujer de cabello blanco y huesos gruesos.
Onun yerine iri yapılı, beyaz saçlı bir kadın getirildi.
Pero esta mujer venía sólo por la mañana y por la tarde.
Fakat bu kadın sadece sabahları ve akşamları geliyordu.
Y todo el trabajo más pesado y duro quedó guardado para ella.
En ağır ve en zor işlerin hepsi ona bırakılmıştı.
La madre se encargaba de todos los demás quehaceres.
Diğer tüm ev işlerini anne hallediyordu.
Incluso ocurrió que se vendieron varias joyas familiares.
Hatta çeşitli aile mücevherlerinin satıldığı da oldu.
Joyas que las mujeres lucieron felizmente durante las celebraciones.
Kadınların kutlamalar sırasında mutlulukla taktıkları takılar.
Gregor aprendió esto en una de las discusiones generales.
Gregor bunu genel tartışmalardan birinde öğrendi.

La mayor queja, sin embargo, fue otra.
Ancak en büyük şikayet bambaşka bir şeydi.
El apartamento era demasiado grande, pero no podían mudarse.
Daire çok büyüktü ama taşınamıyorlardı.
No había manera de que pudieran reubicar a Gregor.
Gregor'u başka bir yere taşımalarının hiçbir yolu yoktu.
Pero Gregor se dio cuenta de que no era sólo una consideración.
Ancak Gregor bunun sadece bir düşünce meselesi olmadığını fark etti.
Algo más les impidió mudarse a otro lugar.
Başka bir şey onların başka bir yere taşınmalarını engelledi.
Podría haber sido fácilmente transportado en una caja adecuada.
Uygun bir kutu içinde kolaylıkla taşınabilirdi.
Sus sentimientos de completa desesperanza los frenaron.
Tamamen umutsuzluğa kapılmaları onları geri tuttu.
No querían admitir que la desgracia les había golpeado.
Başlarına gelen felaketi kabul etmek istemediler.
Lo que el mundo exige de los pobres, ellos lo cumplen.
Dünyanın yoksullardan beklediği her şeyi yerine getirdiler.
El padre le preparó el desayuno al pequeño empleado del banco.
Baba, küçük banka memuru için kahvaltı getirdi.
La madre se sacrificó por la ropa de desconocidos.
Anne, tanımadığı insanların çamaşırları için kendini feda etti.
La hermana corría de un lado a otro para atender los pedidos de los clientes.
Rahibe, müşterilerin siparişlerini almak için sürekli ileri geri koşturdu.
Pero ya no tenían fuerzas para hacer más.
Ama artık daha fazlasını yapacak güçleri kalmamıştı.
La herida en la espalda de Gregor comenzó a doler aún más.
Gregor'un sırtındaki yara daha da çok acımaya başladı.
Cada noche, la madre y la hermana llevaban al padre a la cama.

Her gece anne ve kız kardeş babayı yatağa getirirdi.
Dejaron su trabajo donde estaba y se sentaron juntos.
Yaptıkları işleri oldukları yerde bıraktılar ve birlikte
oturdular.
Y se acercaron más y se sentaron mejilla contra mejilla.
Ve birbirlerine daha da yaklaştılar, yanak yanağa oturdular.
La madre señaló la habitación desde donde él observaba.
Anne, oğlunun izlediği odayı işaret etti.
"¿Podrías cerrar la puerta?" le preguntó a la hermana.
"Kapıyı kapatır mısın?" diye sordu kız kardeşine.
Y entonces Gregor se quedó solo otra vez en la oscuridad.
Ve sonra Gregor yine karanlıkta yapayalnız kaldı.
Y en la habitación de al lado la mujer mezcló sus lágrimas.
Yan odada ise kadınlar gözyaşlarını birbirine karıştırdılar.
**O bien se quedaban sentados con los ojos secos,
simplemente mirando la mesa.**
Ya da gözyaşlarını tutmuş bir şekilde, sadece masaya bakarak
oturuyorlardı.
Gregor apenas durmió, ni de noche ni de día.
Gregor neredeyse hiç uyumuyordu, ne gece ne de gündüz.
A menudo pensaba en cómo podría ayudar a la familia.
Aileye nasıl yardımcı olabileceğini sık sık düşünürdü.
Pensó en ganar dinero nuevamente para ellos.
Onlar için tekrar para kazanmayı düşündü.
Pensó en hacer lo que solía hacer por ellos.
Eskiden onlar için yaptığı şeyleri yapmayı düşündü.
En sus pensamientos regresó el representante autorizado.
Yetkili temsilci aklına tekrar geldi.
Y esta vez el jefe también vino al apartamento.
Bu sefer patron da daireye geldi.
Y los oficinistas y los aprendices también estaban allí.
Katipler ve çıraklar da oradaydı.
Incluso el lento empleado de la oficina vino a verlo.
Hatta zekâ geriliği olan ofis çalışanı bile onu görmeye geldi.
Había dos o tres amigos de otros negocios.
Diğer işletmelerden iki veya üç arkadaş daha vardı.
Una de las camareras de un hotel de provincias.

Taşradaki bir otelde çalışan oda hizmetçilerinden biri.
Un recuerdo querido y fugaz al que intentó aferrarse.
Tutunmaya çalıştığı, kıymetli ama geçici bir anıydı bu.
Una cajera de una sombrerería para quien tenía intenciones.
Şapka dükkanında çalışan ve kendisine ilgi duyduğu bir kasiyer.
Pero había sido un poco lento en ganar su aprobación.
Ama onun onayını kazanmakta biraz fazla yavaş kalmıştı.
Todos ellos aparecieron en sus pensamientos, mezclados con desconocidos.
Hepsi zihninde belirdi, yabancılarla karışmışlardı.
Y otros no aparecieron, ya estaban olvidados.
Diğerleri ise ortaya çıkmadı; çoktan unutulmuşlardı.
Pero no le ayudaron a él ni tampoco a la familia.
Ama ne ona ne de ailesine yardım etmediler.
Eran inaccesibles y él se alegró cuando se fueron.
Onlara ulaşmak imkansızdı ve gittiklerinde çok sevinmişti.
No siempre estaba de humor para preocuparse por la familia.
Ailesiyle ilgili endişelenmek için her zaman istekli değildi.
Y se llenó de rabia por la falta de atención.
Ve kendisine yeterince ilgi gösterilmemesinden dolayı öfkeyle dolmuştu.
Y no podía imaginar nada que le apeteciera.
Ve iştah duyabileceği hiçbir şeyi hayal edemiyordu.
Pero aún así hizo planes para entrar en la despensa.
Ama yine de kilerde hırsızlık yapma planları yapmaya devam etti.
Y él iba a tomar todo lo que se merecía.
Ve hak ettiği her şeyi alacaktı.
La hermana ya no hacía ningún esfuerzo especial por él.
Kız kardeşi artık onun için özel bir çaba göstermiyordu.
Ella ya no pasaba el tiempo pensando en complacerlo.
Artık onun hoşuna gitmeyi düşünerek vakit geçirmiyordu.
Antes de ir a trabajar, rápidamente metió algo de comida en la habitación.
İşe başlamadan önce odaya hızlıca biraz yemek getirdi.

Y por la noche volvió a barrer rápidamente la comida.
Akşamleyin de yemek artıklarını hızla tekrar topladı.
Ya no se daba cuenta de si había comido o no.
Yemek yiyip yemediğini artık fark etmiyordu.
**En la actualidad, la mayoría de las veces la comida se dejaba
intacta.**
Artık çoğu zaman yiyeceklere dokunulmuyordu.
Ella todavía barría rápidamente la habitación por la noche.
Akşamları bile odanın içinde hızla dolaşırdı.
Pero ahora hizo lo mínimo, lo más rápido posible.
Ama şimdi olabildiğince hızlı bir şekilde, asgari düzeyde iş
yapıyordu.
Quedaron vetas de suciedad corriendo por las paredes.
Duvarlarda kir izleri kalmıştı.
Bolas de polvo y basura quedaron tiradas en el suelo.
Yerde toz ve çöp yığınları kalmıştı.
Gregor mostró su desaprobación por su falta de cuidado.
Gregor, kadının ilgisizliğinden duyduğu hoşnutsuzluğu belli
etti.
Se giró en un ángulo particularmente significativo.
Kendini özellikle dikkat çekici bir açıyla çevirdi.
**Pero podría haber permanecido en el puesto durante
semanas.**
Ama o, haftalarca bu pozisyonda kalabilirdi.
Su hermana no habría notado su insatisfacción.
Kız kardeşi onun memnuniyetsizliğini fark etmezdi.
Ella veía la suciedad tan bien como él, o incluso mejor.
O da en az onun kadar, hatta belki daha iyi, kiri görebiliyordu.
Pero ella había decidido dejar la tierra donde estaba.
Ama o, toprağı olduğu yerde bırakmaya karar vermişti.
**En ese momento adoptó una sensibilidad completamente
nueva.**
O dönemde tamamen yeni bir duyarlılık geliştirdi.
**Ella había hecho de la limpieza de la habitación de Gregor
su responsabilidad.**
Gregor'un odasını temizlemeyi kendi sorumluluğu haline
getirmişti.

La familia se sintió conmovida por su amable consideración.
Ailesi onun nazik ve düşünceli davranışından çok etkilendi.
Una vez, la madre le había dado a su habitación una limpieza a fondo.
Bir keresinde annesi oğlunun odasını iyice temizlemişti.
Sólo después de utilizar unos cuantos baldes de agua lo consiguió.
Ancak birkaç kova su kullandıktan sonra başarılı oldu.
Sin embargo, la nueva humedad en la habitación perjudicó a Gregor.
Ancak odadaki yeni nem Gregor'a zarar verdi.
Y él yacía ancho, amargado e inmóvil en el sofá.
Ve kanepede geniş, acı dolu ve hareketsiz bir şekilde yatıyordu.
Pero ese fue sólo su primer castigo por ayudar.
Ama bu, yardım ettiği için aldığı ilk cezaydı.
La hermana notó rápidamente el cambio en la habitación de Gregor.
Rahibe, Gregor'un odasındaki değişikliği hemen fark etti.
Y ella corrió a la sala, extremadamente insultada.
Ve çok kırılmış bir şekilde oturma odasına koştu.
Su madre levantó las manos y trató de implorarle.
Annesi ellerini kaldırdı ve ona yalvarmaya çalıştı.
Pero a pesar de una explicación sincera, ella rompió a llorar.
Ancak samimi açıklamasına rağmen gözyaşlarına boğuldu.
El padre, por supuesto, se sobresaltó y se levantó de la silla.
Baba elbette yerinden fırladı.
Y los dos padres miraban asombrados e impotentes.
Ve iki ebeveyn de şaşkınlık ve çaresizlik içinde olanları izledi.
Y con el tiempo sus emociones también se agitaron.
Ve sonunda onların duyguları da kabardı.
El padre reprochó a la madre lo que había hecho.
Baba, annesini yaptığı şeyden dolayı azarladı.
"Deberías haber dejado la habitación para que Grete la limpiara."
"Odayı Grete'nin temizlemesi için bırakmalıydın."
Grete le gritó a la madre por limpiar su habitación.

Grete, annesine odasını temizlediği için bağırdı.

"¡Nunca más podrás limpiar su habitación!"

"Onun odasını bir daha asla temizlemene izin verilmeyecek!"

La madre intentó arrastrar al padre al dormitorio.

Anne, babayı yatak odasına sürüklemeye çalıştı.

La hermana se quedó en la habitación, temblando y sollozando.

Kız kardeş odada titreyerek ve hıçkıra hıçkıra ağlayarak yalnız bırakıldı.

Y golpeó la mesa con sus pequeños puños.

Ve küçük yumruklarıyla masaya vurdu.

Y Gregor, enojado, siseó fuertemente contra todos ellos.

Gregor ise hepsine öfkeyle yüksek sesle tısladı.

¿Por qué a nadie se le ocurrió cerrarle la puerta?

Neden kimse onun için kapıyı kapatmayı düşünmemişti?

Podrían haberle ahorrado esta vista y este ruido.

Onu bu manzaradan ve gürültüden kurtarabilirlerdi.

La hermana estaba agotada después de llegar a casa del trabajo.

Kız kardeş işten eve döndükten sonra çok yorgundu.

Y cuidar a Gregor era aún más trabajo para ella.

Gregor'a bakmak ise onun için daha da fazla iş anlamına geliyordu.

Pero eso no significaba que la madre debía haberlo hecho.

Ama bu, annenin bunu yapması gerektiği anlamına gelmiyordu.

A Gregor, por el contrario, no hay que descuidarlo.

Öte yandan Gregor da ihmal edilmemeli.

Pero ahora tenían una nueva criada que podía hacer esas cosas.

Ama artık bu tür işleri yapabilecek yeni bir hizmetçileri vardı.

Una viuda anciana que tenía una estructura ósea robusta.

Kemik yapısı sağlam olan yaşlı bir dul kadın.

Una estatura que la ayudó a sobrevivir a su difícil vida.

Bu fiziksel yapı, zorlu hayatını atlatmasına yardımcı oldu.

Ella no sentía ninguna aversión real hacia la apariencia de Gregor.

Gregor'un görünüşüne karşı gerçek bir antipatisi yoktu.

Ella había abierto accidentalmente la puerta de la habitación de Gregor.

Gregor'un odasının kapısını yanlışlıkla açmıştı.

No fue por ninguna curiosidad particular sobre la habitación.

Odaya dair özel bir merakım yoktu.

Ella simplemente estaba haciendo su trabajo y por casualidad abrió la puerta.

O sadece işini yapıyordu ve tesadüfen kapıyı açtı.

Gregor, por supuesto, quedó completamente sorprendido por ella.

Gregor, elbette, onun bu davranışına tamamen şaşırdı.

No lo perseguían, sino que corría de un lado a otro.

Kovalanmıyordu ama ileri geri koşuyordu.

Y ella simplemente cruzó sus brazos y lo observó gatear.

O da kollarını kavuşturup onun emeklemesini izledi.

Desde entonces ella siempre le abría un poquito la puerta.

O zamandan beri, her zaman ona kapıyı biraz araladı.

Una mañana ella entró para ver cómo estaba.

Sabahları bir kez onun nasıl olduğunu görmek için içeri baktı.

Y por la tarde ella fue a ver cómo estaba antes de irse.

Akşamları da ayrılmadan önce onu kontrol etti.

Al principio ella también intentó llamarlo para que viniera con ella.

İlk başta o da onu yanına gelmesi için çağırmaya çalıştı.

"¡Ven aquí, viejo escarabajo pelotero!", solía decir.

"Buraya gel, yaşlı bok böceği!" derdi eskiden.

O ella dijo, "¡mira ese viejo escarabajo pelotero!", amigablemente.

Ya da "Şu yaşlı gübre böceğine bakın!" dedi, dostça bir şekilde.

Gregor nunca reaccionó cuando le hablaron de esa manera.

Gregor, kendisine bu şekilde hitap edilmesine asla karşılık vermedi.

Él permaneció allí, sin moverse, y la ignoró.

Orada öylece kaldı, hiç kıpırdamadı ve onu görmezden geldi.

"Si le hubieran dicho cómo hacer correctamente su trabajo."

"Keşke ona işini nasıl doğru yapacağı anlatılmış olsaydı."
"En lugar de molestarme debería limpiar mi habitación."
"Beni rahatsız etmek yerine odamı temizlemeliydi."
Una mañana temprano una fuerte lluvia golpeó las ventanas.
Bir sabahın erken saatlerinde şiddetli bir yağmur pencerelere
vurdu.
**Quizás la lluvia ya era una señal de la llegada de la
primavera.**
Belki de yağmur, yaklaşan baharın bir işaretiydi.
La criada comenzó a hablarle de esa manera una vez más.
Hizmetçi kadın ona tekrar aynı şekilde konuşmaya başladı.
Gregor estaba tan amargado que se giró para mirarla.
Gregor o kadar öfkelenmişti ki, ona doğru döndü.
Era lento y débil, pero fue una especie de ataque.
Yavaş ve güçsüzdü, ama bir tür krizdi.
La criada, sin embargo, no tenía ningún miedo de Gregor.
Hizmetçi kız ise Gregor'dan hiç korkmuyordu.
**En lugar de eso, levantó una silla que estaba cerca de la
puerta.**
Bunun yerine, kapının yanındaki bir sandalyeyi kaldırdı.
Y ella permaneció allí, tranquilamente, con la boca abierta.
Ve o, orada, ağzı sonuna kadar açık, sakin bir şekilde durdu.
Sus intenciones eran claras, incluso Gregor podía verlo.
Niyetleri apaçık ortadaydı, bunu Gregor bile görebiliyordu.
Y se giró, lentamente, a su posición original.
Ve yavaşça, ilk konumuna geri döndü.
—Entonces no quieres acercarte más, ¿verdad?
"Yani daha fazla yaklaşmak istemiyorsunuz, öyle mi?"
Y silenciosamente volvió a poner la silla en la esquina.
Ve sessizce sandalyeyi köşeye geri koydu.

Gregor ya casi no comía nada.
Gregor artık neredeyse hiçbir şey yemiyordu.
A veces, mientras caminaba por la habitación, se detenía.
Bazen odanın içinde dolaşırken dururdu.
Y se encontró junto a la comida preparada para él.
Ve kendini kendisi için hazırlanmış yemeğin yanında buldu.

Se llevó la comida a la boca, pero sólo para jugar con ella.
Yiyeceği ağzına attı, ama sadece onunla oynamak için.
Y muy a menudo lo escupía de nuevo al cabo de unas horas.
Ve çoğu zaman birkaç saat sonra onu tekrar tükürürdü.
Trató de encontrar una razón para su falta de apetito.
İştahsızlığının nedenini bulmaya çalıştı.
Quizás porque estaba triste por el estado de su habitación.
Belki de odasının halinden dolayı üzgündü.
Pero ya se había adaptado a los cambios que se producían en la habitación.
Ama odadaki değişikliklere alışmıştı.
Recientemente su habitación se había convertido en una especie de almacén.
Son zamanlarda odası bir nevi depoya dönüşmüştü.
Se habían acostumbrado a dejar las cosas allí.
Eşyalarını orada bırakma alışkanlığı edinmişlerdi.
Y ahora quedaban muchas cosas así en su habitación.
Odasında artık bu türden birçok şey kalmıştı.
Porque una habitación del apartamento estaba alquilada.
Çünkü dairenin bir odası kiraya verilmişti.
Tres caballeros serios alquilaban la habitación juntos.
Üç ciddi beyefendi odayı birlikte kiralamıştı.
Gregor los vio una vez a través de una rendija en la puerta.
Gregor bir keresinde onları kapı aralığından fark etmişti.
Llevaban barbas pobladas y estaban vestidos meticulosamente.
Sakalları gürdü ve özenle giyinmişlerdi.
Eran escrupulosos en mantener todo ordenado.
Her şeyi düzenli tutma konusunda çok titizdiler.
Su insistencia en el orden no se limitaba a su habitación.
Temizlik konusundaki ısrarları sadece odalarıyla sınırlı kalmadı.
Todo el apartamento tenía que mantenerse perfectamente limpio.
Dairenin tamamının kusursuz bir şekilde temiz tutulması gerekiyordu.
Eran aún más exigentes con el aspecto de la cocina.

Mutfak görünümüne de çok daha fazla önem veriyorlardı.
Y no podían tolerar ningún desorden innecesario.
Ve gereksiz dağınıklığa tahammül edemiyorlardı.
También habían traído consigo sus propios muebles.
Yanlarında kendi mobilyalarını da getirmişlerdi.
Por esta razón muchas cosas se habían vuelto superfluas.
Bu nedenle birçok şey gereksiz hale gelmişti.
Eran cosas por las que nadie pagaría dinero.
Bunlar, kimsenin para ödemeyeceği şeylerdi.
Pero la familia tampoco quería deshacerse de estas cosas.
Ancak aile bu eşyaları atmak da istemiyordu.
Todas estas cosas fueron a parar a la habitación de Gregor.
Bütün bu eşyalar bir şekilde Gregor'un odasına gitti.
**El cajón de cenizas de la cocina ahora estaba guardado en su
habitación.**
Mutfaktaki küllük artık onun odasında duruyordu.
**Y la basura se guardaba en su habitación hasta el día de la
basura.**
Çöp, çöp toplama gününe kadar onun odasında saklanıyordu.
La criada arrojó todo lo que no necesitaba en su habitación.
Hizmetçi, ihtiyacı olmayan her şeyi onun odasına attı.
Afortunadamente no vio más que la mano y el objeto.
Neyse ki, adam elden ve eşyadan başka bir şey görmedi.
**Probablemente tenía la intención de volver a buscar las
cosas más tarde.**
Muhtemelen eşyaları daha sonra almak için geri dönmeyi
planlıyordu.
O tal vez quería tirarlo todo de una vez.
Ya da belki de her şeyi bir anda atmak istedi.
**Sin embargo, todo permaneció donde había quedado al
principio.**
Ancak her şey ilk düştüğü yerde kaldı.
**A menos que Gregor moviera la basura moviéndose a través
de ella.**
Gregor, çöplerin arasından sürünerek geçmediği sürece...
**Al principio se vio obligado a arrastrarse entre toda la
basura.**

İlk başta tüm bu hurda yığınlarının arasından sürünerek geçmek zorunda kaldı.

No tenía posibilidad de evitarlo.

Bunu yapmaktan kaçınmasının hiçbir yolu yoktu.

Pero más tarde realmente encontró placer en esta actividad.

Ama sonradan bu aktiviteden gerçekten zevk almaya başladı.

Aunque tal esfuerzo lo dejó triste y profundamente cansado.

Bu çaba onu üzgün ve çok yorgun bırakmış olsa da.

Y después no pudo moverse durante muchas horas.

Ve sonrasında saatlerce hareket edemedi.

Los inquilinos a veces comían en la sala de estar.

Konuklar bazen yemeklerini oturma odasında yiyorlardı.

La puerta del salón permanecía cerrada esas noches.

O akşamlar oturma odasının kapısı kapalı kalırdı.

Pero a Gregor no le resultó difícil no abrir la puerta.

Ama Gregor'un artık kapıyı açmamakta hiçbir sakıncası yoktu.

Incluso cuando la puerta estaba abierta, no siempre miraba hacia afuera.

Kapı açık olsa bile her zaman dışarı bakmazdı.

Pero él se acostó en el rincón más oscuro de la habitación.

Ama o odanın en karanlık köşesine uzandı.

La familia tampoco notó su falta de atención.

Aile de onun ilgisizliğini fark etmedi.

Pero hubo una vez que la criada dejó la puerta abierta.

Ama bir keresinde hizmetçi kapıyı açık bırakmıştı.

La puerta permaneció abierta incluso cuando los inquilinos regresaron.

Konuklar geri döndüklerinde bile kapı açık kaldı.

Y la puerta estaba abierta cuando se encendió la luz.

Işık açıldığında kapı açıktı.

El hombre se sentó a la mesa donde la familia cenaba.

Adam, ailenin yemek yediği masaya oturdu.

Allí se sentaron en el pasado el padre, la madre y Gregor.

Eskiden baba, anne ve Gregor orada otururlardı.

Desplegaron las servilletas y cogieron cuchillos y tenedores.

Peçeteleri açtılar ve bıçakla çatalları aldılar.

La madre apareció en la puerta con un plato de carne.
Anne elinde bir kase etle kapıda belirdi.
Entonces la hermana entró con un cuenco lleno de patatas.
Sonra kız kardeş elinde patates dolu bir kaseyle içeri girdi.
Los inquilinos se inclinaron sobre los cuencos colocados delante de ellos.
Konuklar önlerine konulan kaselere doğru eğildiler.
El humo denso de la comida les llegaba hasta la nariz.
Yemeklerden yükselen yoğun duman burunlarına kadar ulaşıyordu.
Pero aún no habían decidido si comerían la comida.
Ama yemeği yiyip yemeyeceklerine henüz karar vermemişlerdi.
Quizás enviarían la comida de vuelta a la cocina.
Belki de yemeği mutfağa geri göndereceklerdir.
El hombre sentado en el medio parecía ser la autoridad.
Ortada oturan adam otorite sahibi gibi görünüyordu.
Cortó la carne para determinar si estaba lo suficientemente tierna.
Etin yeterince yumuşak olup olmadığını anlamak için kesti.
Estaba satisfecho con el olor y el aspecto de la comida.
Yemeğin kokusu ve görünümünden memnun kaldı.
La madre y la hermana los observaban ansiosamente.
Anne ve kız kardeş onları endişeyle izliyorlardı.
Y empezaron a sonreír con un suspiro de alivio.
Ve içlerinde biriken rahatlama duygusuyla derin bir nefes alıp gülümsemeye başladılar.
La propia familia iba a comer en la cocina.
Ailenin kendisi mutfakta yemek yiyecekti.
Pero primero el padre fue a ver cómo estaban los inquilinos.
Ama önce baba, ev sakinlerini kontrol etmeye gitti.
Hizo una reverencia, sosteniendo en su mano su gorra de trabajo.
İş şapkasını elinde tutarak bir kez eğildi.
Y caminó en círculo alrededor de la mesa, hacia cada invitado.

Ve masanın etrafında tek tek dolaşarak her konuğun yanına
gitti.
**Todos los inquilinos se pusieron de pie y murmuraron algo
entre dientes.**
Pansiyonda kalanların hepsi ayağa kalktı ve sakallarının
arasından mırıldanmaya başladı.
**Después de que él se fue, comieron en un silencio casi
absoluto.**
O gittikten sonra neredeyse tamamen sessizlik içinde yemek
yediler.
A Gregor le pareció extraño que pudiera oír la masticación.
Gregor çiğneme sesleri duyabiliyor olmasına garip geldi.
**Ningún otro aspecto de la alimentación parecía emitir
ningún sonido.**
Yemeğin diğer hiçbir yönü ses çıkarmıyordu.
Pero podía oír claramente el rechinar de los dientes.
Ama dişlerin birbirine sürtündüğünü çok net duyabiliyordu.
Parecían decirle que necesitaba dientes para comer.
Ona yemek yiyebilmesi için dişlere ihtiyacı olduğunu
söylüyor gibiydiler.
"No puedes hacer nada si tus mandíbulas no tienen dientes".
"Çeneleriniz dişsizse hiçbir şey yapamazsınız."
"Me gustaría comer algo", dijo Gregor ansiosamente.
"Bir şeyler yemek istiyorum," dedi Gregor endişeyle.
"Pero no tengo apetito para lo que están comiendo".
"Ama sizin yediklerinize hiç iştahım yok."
**"Mira cómo comen estos huéspedes y yo aquí muriéndome
de hambre".**
"Şu pansiyon sakinlerinin nasıl da yemek yediğine bakın, ben
ise açlıktan ölüyorum."
Aquella noche Gregor pensó por casualidad en el violín.
Gregor o akşam tesadüfen kemanı düşündü.
No había oído el violín desde la transformación.
Dönüşümden beri keman sesini duymamıştı.
Pero entonces, esta noche, se oyó un ruido desde la cocina.
Ama bu akşam mutfaktan bir ses geldi.
Los caballeros ya habían terminado su cena.

Beyefendiler akşam yemeklerini çoktan bitirmişlerdi.
El caballero del medio había comenzado a leer un periódico.
Ortadaki beyefendi gazete okumaya başlamıştı.
Les había dado a los otros dos caballeros una hoja a cada uno.
Diğer iki beyefendiye de birer kağıt vermişti.
Y ahora estaban recostados, leyendo y fumando.
Şimdi ise arkalarına yaslanmış, kitap okuyor ve sigara içiyorlardı.
Cuando el violín empezó a sonar, se pusieron atentos.
Keman çalmaya başlayınca dikkat kesildiler.
Se levantaron y caminaron de puntillas hacia la puerta de la antesala.
Ayağa kalktılar ve parmak uçlarında yürüyerek antre kapısına kadar geldiler.
Allí estaban, acurrucados juntos, escuchando desde la puerta.
Kapının önünde birbirlerine sokulmuş, dinliyorlardı.
La familia debió haber escuchado a los hombres desde la cocina.
Aile, mutfaktan gelen sesleri duymuş olmalı.
Porque el padre los llamó y les preguntó;
Çünkü baba onlara seslenip sordu;
¿Acaso el violín resulta incómodo para los caballeros?
"Acaba keman beyler için rahatsız edici olabilir mi?"
"Si no te gusta la música podemos parar inmediatamente."
"Müziği beğenmezseniz hemen durdurabiliriz."
"Al contrario", dijo el centro de los caballeros.
Beyefendilerden ortadaki, "Tam tersine," dedi.
"¿Le gustaría a la señorita tocar el violín en nuestra habitación?"
"Genç hanım odamızda keman çalmak ister mi?"
"Definitivamente es mucho más cómodo y acogedor aquí".
"Burada kesinlikle çok daha rahat ve konforlu."
El padre respondió como si fuera el propio violinista.
Baba, sanki kemancı kendisiymiş gibi cevap verdi.
"Oh, por favor, eso sería maravilloso", exclamó el padre.

"Ah lütfen, bu harika olurdu," diye haykırdı baba.
Los caballeros regresaron a la sala de estar y esperaron.
Beyefendiler oturma odasına geri döndüler ve beklediler.
Pronto el padre entró en la habitación con el atril.
Kısa süre sonra baba, müzik sehpasıyla birlikte odaya girdi.
La madre entró en la habitación con el libro de música.
Anne elinde müzik kitabıyla odaya girdi.
Y la hermana entró en la habitación con el violín.
Ve kız kardeş kemanıyla odaya girdi.
Ella preparó todo con calma para tocar el violín.
O, keman çalmak için her şeyi sakince hazırladı.
Los padres exageraron su cortesía y modales.
Anne ve baba, nezaket ve görgü kurallarını abartmışlardı.
Nunca antes habían alquilado habitaciones a huéspedes.
Daha önce hiç odalarını kiraya vermemişlerdi.
Y ni siquiera se atrevieron a sentarse en sus propias sillas.
Kendi sandalyelerine oturmaya bile cesaret edemediler.
En lugar de sentarse, el padre se apoyó contra la puerta.
Baba oturmak yerine kapıya yaslandı.
Su mano derecha estaba entre dos botones de su abrigo.
Sağ eli ceketinin iki düğmesi arasındaydı.
Sin embargo, un caballero le ofreció una silla a la madre.
Ancak beyefendi anneye bir sandalye teklif etti.
Pero ella se sentó donde el caballero había colocado la silla.
Ama o, beyefendinin sandalyeyi koyduğu yere oturdu.
Y no había colocado la silla en ningún lugar determinado.
Ve sandalyeyi belirli bir yere koymamıştı.
Así que la madre se sentó apartada de todos, en un rincón.
Anne de herkesten ayrı, bir köşeye oturdu.
Y finalmente la hermana empezó a tocar el violín.
Ve sonunda kız kardeş keman çalmaya başladı.
Los padres, en lados opuestos, prestaron mucha atención.
Ebeveynler, karşılıklı taraflarda, dikkatle olayı izlediler.
Y observaban atentamente cada movimiento de su mano.
Ve onun elinin her hareketini dikkatle izlediler.
Gregor también se sentía atraído por la interpretación del violín.

Gregor keman çalmaktan da etkilenmişti.
Y se aventuró a salir de su habitación un poco más lejos.
Ve odasından biraz daha dışarı çıktı.
Él ya estaba con la cabeza dentro de la sala.
Kafasını çoktan oturma odasının içine sokmuştu.
Solía enorgullecerse de ser muy considerado.
O, son derece düşünceli olmakla gurur duyardı.
Pero últimamente casi no cuestiona su falta de cuidado.
Ancak son zamanlarda kendi ilgisizliğini neredeyse hiç
sorgulamadı.
Aunque ahora tenía más motivos para esconderse que antes.
Eskisinden daha çok saklanma sebebi olmasına rağmen, artık
saklanmak için daha fazla nedeni vardı.
**Porque su habitación estaba cubierta de polvo y suciedad
diversa.**
Çünkü odası toz ve çeşitli kirlerle kaplıydı.
El más leve movimiento levantaba todo tipo de suciedad.
En ufak bir hareket bile her türlü pisliği havaya savuruyordu.
Toda esa suciedad se le pegó: polvo, pelo, restos de comida.
Bütün bu kir ona yapışmıştı; toz, saç, yemek artıkları.
Podría haber frotado la suciedad contra la alfombra.
Halının üzerindeki kiri silebilirdi.
Esto era algo que solía hacer varias veces al día.
Bunu eskiden günde birkaç kez yapardı.
Pero su indiferencia hacia todo era demasiado grande.
Ama her şeye karşı kayıtsızlığı çok fazlaydı.
Así que no tuvo miedo de avanzar un poco más.
Bu yüzden biraz daha ileriye gitmekten korkmadı.
Y se trasladó al inmaculado suelo de la sala de estar.
Ve oturma odasının tertemiz zeminine çıktı.
Sin embargo, nadie se dio cuenta ni le prestó atención.
Ancak kimse onu fark etmedi veya ona hiç dikkat etmedi.
La familia estaba completamente absorta en el concierto.
Aile tamamen konsere odaklanmıştı.
Los caballeros, por el contrario, inicialmente se retiraron.
Beyefendiler ise başlangıçta geri çekildiler.
Y se quedaron cerca, detrás del atril de la hermana.

Ve kız kardeşin müzik sehpasına çok yakın durdular.

Si hubieran mirado habrían podido ver las notas musicales.

Bakmış olsalardı müzik notalarını görebilirlerdi.

Esto, por supuesto, habría perturbado a la hermana.

Bu durum elbette kız kardeşi rahatsız etmiş olmalıydı.

Luego se quedaron de pie junto a la ventana, en lugar de sentarse.

Sonra oturmak yerine pencerenin yanında ayakta durdular.

Con las manos en los bolsillos seguían hablando.

Elleri ceplerinde konuşmaya devam ettiler.

Permanecieron allí mientras el padre observaba ansiosamente.

Babaları endişeyle izlerken onlar orada kaldılar.

Uno tenía la impresión de que tenían otras expectativas.

İnsanın aklına, onların başka beklentileri olduğu izlenimi geliyordu.

Y realmente parecía como si se hubieran decepcionado.

Ve gerçekten de hayal kırıklığına uğramış gibi görünüyorlardı.

Parecía que ya estaban hartos de la actuación.

Görünüşe göre gösteriden yeterince sıkılmışlardı.

Habían permitido que el violín perturbara su paz.

Kemanın huzurlarını bozmasına izin vermişlerdi.

Y sólo toleraban la música por cortesía.

Ve müziğe sadece nezaket gereği katlandılar.

Lo que más me desconcertó fue cómo expulsaron el humo.

Dumanı dağıtma şekilleri özellikle ürkütücüydü.

Y aún así, tocaba el violín maravillosamente.

Oysa kemanı o kadar güzel çalıyordu ki.

Su rostro estaba inclinado suavemente hacia un lado, sobre el violín.

Yüzü, kemanın üzerinde hafifçe yana doğru eğikti.

Sus ojos buscaban con tristeza las líneas musicales.

Gözleri hüzünlü bir şekilde müzik melodilerini arıyordu.

Gregor se sintió atraído un poco más hacia la sala de estar.

Gregor kendini oturma odasına biraz daha çekilmiş hissetti.

Mantuvo la cabeza cerca del suelo, pero miró hacia arriba.

Başını yere yakın tuttu ama yukarıya doğru baktı.
**Tal vez de esta manera la mirada de su hermana podría
encontrarse con la suya.**
Belki bu şekilde kız kardeşinin bakışları onun gözleriyle
buluşabilir.
¿Puede realmente decirse que era sólo un animal?
Gerçekten de onun sadece bir hayvan olduğu söylenebilir mi?
¿Era un animal si la música podía cautivarlo tanto?
Müziğin onu bu kadar büyüleyebilmesi, onun bir hayvan
olduğu anlamına mı geliyordu?
**Sintió como si le mostraran un camino hacia una
alimentación desconocida.**
Ona bilinmeyen bir beslenme yolunun gösterildiğini hissetti.
Quizás éste era el sustento que le faltaba.
Belki de eksikliğini hissettiği besin buydu.
Estaba decidido a dirigirse hacia su hermana.
Kız kardeşine ulaşmaya kararlıydı.
Quería tirar de su falda para llamar su atención.
Onun dikkatini çekmek için eteğini çekiştirmek istedi.
Quería darle una indicación de una invitación.
Ona bir davetin işaretini vermek istedi.
"Ven a tocar el violín en mi habitación", quiso decir.
"Gel, odamda keman çal," demek istedi.
**Él quería que ella fuera recompensada por su hermosa
música.**
Güzel müziği için onun ödüllendirilmesini istiyordu.
"Aquí nadie te recompensa por tocar el violín".
"Burada kimse seni keman çaldığın için ödüllendirmiyor."
Él ya no quería dejarla salir de su habitación.
Artık onu odasından çıkarmak istemiyordu.
Él quería que ella permaneciera con él mientras viviera.
Ömrü boyunca onunla birlikte kalmasını istiyordu.
Por primera vez su transformación tuvo un beneficio.
Bu dönüşümün ilk kez bir faydası oldu.
Su deformidad finalmente iba a serle útil.
Sonunda, sahip olduğu fiziksel kusur onun işine yarayacaktı.
Quería estar en las cuatro puertas simultáneamente.

Dört kapının hepsinde aynı anda olmak istiyordu.
Quería silbarles y escupirles desde todos los ángulos.
Onlara her açıdan tıslamak ve tükürmek istiyordu.
Su hermana no debería verse obligada a quedarse con él.
Kız kardeşi onunla kalmaya zorlanmamalı.
Él quería que ella eligiera quedarse con él voluntariamente.
Onun kendi isteğiyle kendisiyle kalmayı seçmesini istiyordu.
Ella iba a sentarse a su lado e inclinarse hacia él.
Yanına oturup ona doğru eğilecekti.
Y le iba a contar sobre la escuela de música.
Ve ona müzik okulundan bahsedecekti.
Tenía la firme intención de enviarla a la academia.
Onu akademiye gönderme konusunda kesin bir niyeti vardı.
Se lo habría contado a todo el mundo la pasada Navidad.
Geçen Noel'de herkese bundan bahsetmiş olmalıydı.
¿Ya había llegado y pasado realmente la Navidad?
Noel gerçekten de gelip geçmiş miydi?
Y no habría dejado que nadie le disuadiera de ello.
Ve kimsenin onu bu fikirden vazgeçirmesine izin vermezdi.
Pero entonces el desafortunado accidente lo detuvo todo.
Ama sonra talihsiz kaza her şeyi durdurdu.
La hermana se habría sentido abrumada por la emoción.
Kız kardeş muhtemelen duygularına yenik düşmüştü.
Y entonces Gregor se habría subido hasta su hombro.
Ve sonra Gregor onun omzuna kadar tırmanırdı.
Y la habría consolado besándole el cuello.
Ve boynunu öperek onu teselli ederdi.
—¡Señor Samsa! —gritó el hombre del medio al padre.
Ortadaki adam babaya "Bay Samsa!" diye seslendi.
Señalaba con su dedo índice hacia Gregor.
İşaret parmağıyla Gregor'u aşağı doğru gösteriyordu.
Gregor se movía lentamente por el suelo de la sala de estar.
Gregor, oturma odasının zemininde yavaşça ilerliyordu.
El sonido del violín se silenció muy rápidamente.
Keman sesi çok kısa sürede sustu.
El del medio de los tres hombres sonrió a sus amigos.
Üç adamdan ortadaki, arkadaşlarına gülümsedi.

Luego meneó la cabeza y volvió a mirar a Gregor.
Sonra başını salladı ve Gregor'a baktı.
El padre podría haber obligado a Gregor a regresar a su habitación.
Baba, Gregor'u zorla odasına geri gönderebilirdi.
Pero esa no fue la primera acción que decidió tomar.
Ama bu, aldığı ilk karar değildi.
Pensó que era más importante calmar a los caballeros.
Ona göre beyleri sakinleştirmek daha önemliydi.
Aunque en realidad no estaban molestos en absoluto por Gregor.
Gregor'dan aslında hiç de rahatsız olmamışlardı.
Gregor parecía más entretenido que tocar el violín.
Gregor, keman çalmaktan daha eğlenceli görünüyordu.
Corrió hacia ellos con los brazos extendidos.
Kollarını açarak onlara doğru koştu.
Estaba intentando hacer lo mejor que podía para ocultar su visión de Gregor.
Gregor hakkındaki görüşlerini örtbas etmek için elinden gelenin en iyisini yapıyordu.
Y trató de animarlos a regresar a su habitación.
Ve onları odalarına geri dönmeye teşvik etmeye çalıştı.
En realidad, esto los hizo enfadar un poco.
Hatta bu durum onları biraz sinirlendirdi.
Pero era difícil decir exactamente qué les molestaba.
Ama onları tam olarak neyin rahatsız ettiğini söylemek zordu.
El padre estaba arruinando la diversión de la noche.
Baba, gecenin eğlencesini bozuyordu.
Pero también acababan de enterarse de su nuevo compañero de piso.
Ama aynı zamanda yeni ev arkadaşlarını da yeni öğrenmişlerdi.
Levantaron las manos tal como lo había hecho el padre.
Onlar da babalarının yaptığı gibi ellerini kaldırdılar.
Exigieron una explicación inmediata al padre.
Babadan derhal açıklama istediler.
Se tiraron inquietos de la barba esperando una respuesta.

Bir cevap bulmak için huzursuzca sakallarını çekiştirdiler.
Y retrocedieron hasta su habitación, pero muy lentamente.
Ve çok yavaş bir şekilde odalarına doğru geri geri gittiler.
La interrupción había dejado a la hermana en trance.
Bu kesinti kız kardeşi bir trans haline sokmuştu.
Dejó que el violín y el arco colgaran a su lado.
Kemanı ve yayını yanına sarkıttı.
Y ella miraba la partitura como si todavía estuviera tocando.
Ve sanki hâlâ çalıyormuş gibi notalara baktı.
Pero de repente ella regresó a la habitación.
Ama sonra aniden kendini odaya geri çekti.
Y ahora había superado el sentimiento de estar perdida.
Ve artık kaybolmuşluk duygusunun üstesinden gelmişti.
Ella colocó el instrumento musical en el regazo de su madre.
Müzik aletini annesinin kucağına koydu.
La madre estaba sentada en la silla, respirando con dificultad.
Anne sandalyede oturmuş, nefes nefese kalmıştı.
Y entonces la hermana tuvo que correr a la habitación de al lado.
Sonra kız kardeş hemen yan odaya koşmak zorunda kaldı.
Tenía que dejar todo listo para los caballeros.
Beyefendiler için her şeyi hazırlaması gerekiyordu.
Ella arrojó las mantas y los cojines al aire.
Battaniyeleri ve yastıkları havaya fırlattı.
Y con sus manos expertas dispuso toda la ropa de cama.
Ve becerikli elleriyle tüm yatak takımlarını düzenledi.
Terminó antes de que los caballeros llegaran a la habitación.
Beyler odaya ulaşmadan önce işini bitirmişti.
Y ella se escabulló antes de interponerse en su camino.
Ve onların yoluna çıkmadan önce sessizce oradan uzaklaştı.
El padre parecía estar dominado por su propia terquedad.
Baba kendi inatçılığına yenik düşmüş gibiydi.
Y así olvidó todo respeto que debía a sus inquilinos.
Böylece kiracılarına karşı göstermesi gereken tüm saygıyı unuttu.
Empujó y empujó hasta que su portavoz se opuso.

Sözcülerinin itiraz etmesine kadar ısrar etti.
Al llegar a la puerta, dio una patada furiosa.
Kapıya vardığında öfkeyle ayağını yere vurdu.
Y con esto logró detener al padre.
Böylece babayı çıkmaza soktu.
"Por la presente declaro", comenzó dirigiéndose a su propietario.
"Bu vesileyle beyan ederim," diyerek ev sahibine hitap etmeye başladı.
Y levantó la mano, mirando a toda la familia.
Ve elini kaldırarak tüm aileye baktı.
"En cuanto a las repugnantes condiciones de la habitación;"
"Odanın iğrenç koşullarına gelince;"
Y se aseguró de que todos escucharan sus palabras.
Ve herkesin sözlerini dinlediğinden emin oldu.
"Por la presente, le comunico que desocuparé mi habitación".
"Odamı boşaltacağımı bildiriyorum."
Y reiteró su punto escupiendo en el suelo.
Ve yere tükürerek de mesajını daha da pekiştirdi.
"Tampoco pagaré por los días que he vivido aquí."
"Burada yaşadığım günlerin bedelini de ödemeyeceğim."
Sin embargo, no estaba completamente satisfecho con este reembolso.
Ancak bu geri ödeme onu tam olarak memnun etmedi.
"Y consideraré hacer otras demandas contra usted."
"Ve size karşı başka taleplerde bulunmayı da düşüneceğim."
Créeme, tales exigencias serán muy fáciles de justificar.
"İnanın bana, bu tür talepleri haklı çıkarmak çok kolay olacak."
Él permaneció en silencio y miró directamente al padre.
Sessiz kaldı ve gözlerini doğrudan babasına dikti.
Parecía estar esperando que sucediera algo más.
Daha fazlasının olmasını bekliyor gibiydi.
De hecho, sus dos amigos inmediatamente tuvieron la misma idea.
Aslında, iki arkadaşı da hemen aynı fikre kapıldı.

"También estamos cancelando nuestras habitaciones",
dijeron al unísono.
"Biz de oda rezervasyonlarımızı iptal ediyoruz." diye hep bir
ağızdan söylediler.
Luego agarró la manija de la puerta y cerró la puerta.
Sonra kapı kolunu kavrayıp kapıyı kapattı.
Y con un fuerte estruendo se encerraron en su habitación.
Ve büyük bir gürültüyle kendilerini odalarına kilitlediler.
El padre se tambaleó hasta su silla con manos torpes.
Baba sendeleyerek, elleriyle sandalyesine doğru ilerledi.
Y se dejó caer en la silla, derrotado.
Ve yenilgiyi kabul ederek kendini sandalyeye bıraktı.
Parecía como si fuera a echar su siesta vespertina habitual.
Her zamanki akşam uykusuna yatacakmış gibi görünüyordu.
Pero su cabeza asintió casi como si no tuviera apoyo.
Ama başı neredeyse desteksizmiş gibi sallandı.
Y se podía ver que no estaba durmiendo en absoluto.
Ve hiç uyumadığı açıkça görülüyordu.
**Durante todo este tiempo Gregor no se había movido de su
sitio.**
Bütün bunlar olurken Gregor yerinden hiç kımıldamadı.
**Todavía estaba donde los caballeros lo habían visto por
primera vez.**
Adam, beylerin onu ilk gördükleri yerde duruyordu hâlâ.
Incluso si hubiera querido moverse, le resultó imposible.
Taşınmak istese bile, bunun imkansız olduğunu gördü.
Por su decepción, o por su hambre.
Hayal kırıklığından ya da açlığından dolayı.
Estaba decepcionado por el fracaso de su plan.
Planının başarısız olması onu hayal kırıklığına uğrattı.
Y estaba débil por el hambre prolongada que sentía.
Uzun süren açlıktan dolayı da çok halsiz düşmüştü.
**Estaba seguro de que en cualquier momento todos se
volverían contra él.**
Herkesin her an kendisine sırt çevireceğinden emindi.
Con esta expectativa de colapso inminente, esperó.
Yaklaşan çöküş beklentisiyle bekledi.

El violín empezó a deslizarse del regazo de la madre.

Keman annenin kucağından kaymaya başladı.

Con un sonido resonante el violín cayó al suelo.

Keman, yankılanan bir sesle yere düştü.

Pero ni siquiera ese repentino ruido estrepitoso lo sobresaltó.

Ama bu ani çarpma sesi bile onu ürkütmedi.

«Queridos padres», dijo la hermana, «esto no puede continuar».

"Sevgili anne ve babam," dedi kız kardeş, "bu böyle devam edemez."

Y golpeó la mesa con la mano para dejar claro su punto.

Ve söylemek istediğini belirtmek için elini masaya sertçe vurdu.

"No diré el nombre de mi hermano delante de este monstruo".

"Bu canavarın önünde kardeşimin adını anmayacağım."

"Por eso lo digo lo más claramente posible:"

"Bu yüzden bunu olabildiğince açık bir şekilde söylüyorum:"

"No tenemos otra opción que deshacernos de este animal".

"Bu hayvandan kurtulmaktan başka çaremiz yok."

"Hicimos lo mejor que pudimos para tolerar y cuidar a este animal".

"Bu hayvana tahammül etmek ve ona bakmak için elimizden gelenin en iyisini yaptık."

"No creo que nadie pueda culparnos en lo más mínimo".

"Bence kimse bizi en ufak bir şekilde suçlayamaz."

"Tiene mil veces razón", asintió el padre.

"Bin kere haklı," diye onayladı baba.

La madre aún no había recuperado del todo el aliento.

Anne hâlâ tam olarak nefesini geri kazanamamıştı.

Ella empezó a toser sordamente en su mano, respirando con dificultad.

Elini ağzına götürerek boğuk bir şekilde öksürmeye başladı, nefes nefese kalmıştı.

Y una expresión de locura comenzó a surgir en sus ojos.

Ve gözlerinde çılgınca bir ifade belirmeye başladı.

La hermana corrió hacia su madre y le sujetó la frente.
Kız kardeş annesine koştu ve alnını tuttu.
El padre pareció inspirarse en las palabras de la hermana.
Baba, kız kardeşinin sözlerinden etkilenmiş gibi görünüyordu.
Y sus pensamientos parecían ser más claros que antes.
Ve düşünceleri eskisinden daha berrak görünüyordu.
Dejó de asentir con la cabeza y volvió a sentarse derecho.
Başını sallamayı bıraktı ve tekrar dik oturdu.
Y jugaba con la gorra de sirviente, sumido en sus pensamientos.
Ve derin düşüncelere dalmış bir halde hizmetçisinin şapkasıyla oynuyordu.
Los platos de los inquilinos todavía estaban sobre la mesa.
Kiracıların tabakları hâlâ masanın üzerindeydi.
Y a veces miraba hacia el silencioso Gregor.
Ve bazen sessiz Gregor'a doğru bakardı.
"Tenemos que intentar deshacernos de él", le dijo la hermana.
"Bundan kurtulmaya çalışmalıyız," dedi kız kardeşi ona.
La madre estaba demasiado ocupada tosiendo como para escuchar.
Anne öksürmekten o kadar meşguldü ki dinlemedi.
"Los matará a ambos, ya lo veo venir."
"İkinizi de öldürecek, şimdiden görüyorum."
"No podemos seguir trabajando tan duro como lo hacemos todos."
"Hepimiz aynı şekilde çalışmaya devam edemeyiz."
"Y cada día tenemos que volver a casa y encontrarnos con esta tortura."
"Ve her gün bu işkenceye katlanmak için eve dönmek zorundayız."
"No podemos soportarlo más. No puedo soportarlo."
"Artık buna dayanamıyoruz. Ben de dayanamıyorum."
Ella cayó ante su madre en un último estallido de lágrimas.
Son gözyaşlarıyla annesinin kucağına düştü.
Las lágrimas cayeron por su rostro y sobre el de su madre.
Gözlerinden yaşlar süzülerek annesinin gözlerine damladı.

Y se secó las lágrimas con un movimiento mecánico.
Ve gözyaşlarını mekanik bir hareketle sildi.
"Hijo mío", dijo el padre con voz compasiva.
"Evladım," dedi baba şefkatli bir sesle.
Había profunda simpatía y comprensión en su voz.
Sesinde derin bir şefkat ve anlayış vardı.
«Pero ¿qué debemos hacer?», confesó no saberlo.
"Peki ne yapmalıyız?" diye sormayı bilmediğini itiraf etti.
La hermana simplemente se encogió de hombros con
impotencia.
Kız kardeş çaresizlik içinde omuzlarını silkti.
Y su confianza anterior fue reemplazada nuevamente por
lágrimas.
Ve daha önceki özgüveni yerini yeniden gözyaşlarına bıraktı.
«Si nos entendiera», dijo el padre en voz alta.
"Keşke bizi anlasaydı," dedi baba yüksek sesle.
Y se preguntó si tal vez Gregor entendía.
Ve Gregor'un bunu anlayıp anlamadığını da kısmen
sorguladı.
La hermana simplemente sacudió su mano violentamente
mientras lloraba.
Kız kardeş ağlarken elini şiddetle salladı.
Y entonces ella señaló que no se debía pensar en esa idea.
Böylece bu fikrin akla bile getirilmemesi gerektiğini işaret etti.
«¡Si nos comprendiera!», repitió el padre.
"Keşke bizi anlasaydı," diye tekrarladı baba.
Cerrando los ojos consideró la respuesta de la hermana.
Gözlerini kapatarak kız kardeşinin cevabını düşündü.
"Si lo entendiera se podría llegar a un acuerdo con él."
"Eğer onunla bir anlaşmaya varılabileceğini anlasaydı."
"Pero estando las cosas como están..."
"Ama işler böyle olunca..."
"Tiene que irse", gritó la hermana, "es la única manera".
"Gitmesi şart," diye bağırdı kız kardeş, "başka çaresi yok."
"Tienes que deshacerte de la idea de que es Gregor".
"Gregor olduğu düşüncesinden kurtulmalısın."

"Que lo hayamos creído durante tanto tiempo es nuestra
verdadera desgracia."
"Buna bu kadar uzun süre inanmış olmamız asıl
talihsizliğimiz."
«¿Pero cómo puede ser Gregor?», le preguntó a su padre.
"Ama bu nasıl Gregor olabilir?" diye sordu babasına.
"Sabía que un animal así no podía coexistir con los
humanos".
"Böyle bir hayvanın insanlarla bir arada yaşayamayacağını
biliyordu."
Gregor nos habría abandonado hace mucho tiempo,
voluntariamente.
"Gregor çoktan, kendi isteğiyle bizi terk ederdi."
"Es cierto, entonces no tendríamos ningún hermano."
"Doğru, o zaman hiç erkek kardeşimiz olmazdı."
"Pero podríamos seguir viviendo y honrar su memoria".
"Ama yaşamaya ve onun anısını yaşatmaya devam edebiliriz."
"Pero esta bestia nos persigue y ahuyenta a nuestros
labradores."
"Ama bu canavar bizi kovalıyor ve kiracılarımızı kovuyor."
"Es evidente que quiere apoderarse de todo el apartamento".
"Açıkçası tüm daireyi ele geçirmek istiyor."
"Esta bestia quiere hacernos dormir en la calle."
"Bu canavar bizi sokakta uyutmak istiyor."
«Mira, padre», gritó de repente, «¡se mueve otra vez!»
"Bak baba," diye birden bağırdı, "yine hareket ediyor!"
E hizo algo que ni siquiera Gregor pudo entender.
Ve o, Gregor'un bile anlayamadığı bir şey yaptı.
Ella se apartó, como sacrificando a la madre.
Annesini feda eder gibi kendini ondan uzaklaştırdı.
Y ella corrió detrás de su padre buscando algún tipo de
seguridad.
Ve bir nebze de olsa güvenlik için babasının arkasına saklandı.
El padre estaba agitado únicamente porque su hija lo estaba.
Baba sadece kızının sinirlenmesi yüzünden sinirlenmişti.
Pero entonces él también se levantó y levantó los brazos
sobre ella.

Ama sonra o da ayağa kalktı ve kollarını onun üzerine kaldırdı.

Pero Gregor no tenía intención de asustar a nadie.
Ancak Gregor'un kimseyi korkutma niyeti yoktu.

Sobre todo no pensó en asustar a su hermana.
Özellikle kız kardeşini korkutmak gibi bir düşüncesi bile yoktu.

Él sólo estaba intentando regresar a su habitación.
O sadece odasına doğru geri dönmeye çalışıyordu.

Pero dado que su estado estaba empeorando, incluso esto era difícil.
Ancak durumu giderek kötüleştiği için bu bile zorlaşmıştı.

Y ya no tenía pleno uso de todas sus piernas.
Ve artık bacaklarının tamamını tam olarak kullanamıyordu.

Entonces usó su cabeza para levantar su cuerpo y girar.
Bu yüzden başını kullanarak vücudunu kaldırdı ve kendini döndürdü.

Hizo una pausa y miró a su alrededor esperando la aprobación de la familia.
Duraksadı ve ailenin onayını almak için etrafına bakındı.

Su buena intención parecía haber sido reconocida.
İyi niyetinin fark edildiği anlaşılıyor.

Su movimiento sólo había sido un shock momentáneo para ellos.
Onun hareketi onlar için sadece anlık bir şok olmuştu.

Ahora todos lo miraban en un silencio infeliz.
Şimdi hepsi mutsuz bir sessizlikle ona bakıyordu.

La madre seguía tumbada en el sillón, exhausta.
Anne hâlâ koltukta bitkin bir halde yatıyordu.

El padre y la hermana estaban sentados uno al lado del otro.
Baba ve kız kardeş yan yana oturuyorlardı.

«Quizás ahora me dejen dar la vuelta», pensó Gregor.
"Belki şimdi dönmeme izin verirler," diye düşündü Gregor.

Y continuó haciendo su torpe movimiento de giro.
Ve o, beceriksizce yaptığı dönme hareketini sürdürmeye devam etti.

No podía reprimir los jadeos ocasionales de esfuerzo.

Zorlanmadan dolayı ara sıra nefes nefese kalmasını
engelleyemiyordu.
**Y se vio obligado a descansar un par de veces entre uno y
otro.**
Ve arada birkaç kez dinlenmek zorunda kaldı.
**Ya nadie le obligaba a apresurarse; la decisión estaba en sus
manos.**
Artık kimse onu acele ettirmiyordu; her şey ona kalmıştı.
Al final completó el giro lento y doloroso.
Sonunda yavaş ve acı verici dönüşü tamamladı.
**Inmediatamente comenzó a caminar directamente de regreso
a su habitación.**
Hemen doğruca odasına geri yürümeye başladı.
Se sorprendió de lo lejos que estaba de su habitación.
Odasından ne kadar uzakta olduğuna hayret etti.
¿Cómo, a pesar de su debilidad, había llegado allí antes?
Tüm zayıflıklarına rağmen oraya daha önce nasıl ulaşmıştı?
Había recorrido casi el mismo camino sin darse cuenta.
Farkında olmadan neredeyse aynı yoldan geçmişti.
Ahora él sólo se concentró en gatear tan rápido como podía.
Artık sadece olabildiğince hızlı emeklemeye odaklanmıştı.
La falta de comentarios por parte de alguien no le inquietó.
Kimseden yorum gelmemesi onu rahatsız etmedi.
Sólo cuando ya estaba en la puerta giró la cabeza.
Ancak kapıdan içeri girdikten sonra başını çevirdi.
**Pero no pudo darse la vuelta para mirar hacia atrás por
completo.**
Ama arkasını dönüp tamamen geriye bakma fırsatı bulamadı.
**Porque sintió que su cuello se ponía aún más rígido al
girarse.**
Döndükçe boynunun daha da sertleştiğini hissetti.
**Pero vio que de todas formas nada había cambiado detrás de
él.**
Ama arkasında hiçbir şeyin değişmediğini gördü.
La única diferencia fue que su hermana se puso de pie.
Tek fark, kız kardeşinin ayağa kalkmış olmasıydı.

Su última mirada mostró que su madre se había quedado dormida.

Son bakışında annesinin uyuyakaldığını gördü.

Tan pronto como estuvo dentro de su habitación la puerta se cerró.

Odaya girer girmez kapı kapandı.

Y tan pronto como la puerta se cerró, el cerrojo quedó bloqueado.

Kapı kapanır kapanmaz sürgü de kilitlendi.

Gregor se asustó por el ruido inesperado que se oía detrás.

Gregor arkasından gelen beklenmedik sesten korktu.

Y sus piernas se doblaron bajo él por la repentina sorpresa.

Ani şaşkınlıktan bacakları titredi.

Fue la hermana quien corrió hacia la puerta detrás de él.

Onun arkasından kapıya koşan kız kardeşiydi.

Ella ya se encontraba allí de pie, esperándolo.

O zaten orada dimdik durmuş, onu bekliyordu.

Luego saltó hacia delante ligeramente sin que Gregor la oyera.

Ardından Gregor'un duymayacağı şekilde hafifçe öne doğru sıçradı.

"¡Por fin!" gritó en voz alta mientras giraba la llave.

"Sonunda!" diye bağırdı anahtarı çevirirken.

"¿Y ahora qué?", se preguntó Gregor, solo en la oscuridad.

"Şimdi ne olacak?" diye sordu Gregor, karanlıkta yalnız başına.

Pronto descubrió que ya no podía moverse en absoluto.

Çok geçmeden artık hiç hareket edemediğini fark etti.

Pero no le sorprendió realmente su inmovilidad.

Ama hareketsiz kalması onu gerçekten şaşırtmadı.

Poder moverse con piernas tan delgadas parecía ridículo.

Bu kadar ince bacaklarla hareket edebilmek inanılmaz görünüyordu.

No sabía cómo había sido capaz de hacerlo.

Bunu nasıl başarabildiğini kendisi de bilmiyordu.

Pero aparte de eso se sentía relativamente cómodo.

Ama bunun dışında kendini nispeten rahat hissediyordu.

Es cierto que sentía un dolor profundo en todo el cuerpo.
Evet, vücudunun her yerinde derin bir acı hissetti.
Pero el dolor parecía hacerse cada vez más débil.
Ama ağrı giderek azalıyor gibiydi.
Y sintió que el dolor eventualmente desaparecería.
Ve acının sonunda geçeceğini hissetti.
Ya casi no sentía la manzana podrida en su espalda.
Sırtındaki çürük elmayı artık neredeyse hiç hissetmiyordu.
Pensó en su familia con emoción y amor.
Ailesini duygu ve sevgiyle anımsadı.
Sintió las emociones de su hermana incluso más que ella misma.
Kardeşinin duygularını ondan bile daha derinden hissetti.
Ella tenía razón en lo que había dicho: él tenía que irse.
Söylediklerinde haklıydı; gitmesi gerekiyordu.
Pasó algún tiempo en ese estado vacío y pacífico.
Bir süre bu boş ve huzurlu ortamda vakit geçirdi.
El reloj dio tres veces, silenciosamente, pero con firmeza.
Saat üç kez, sessizce ama kararlı bir şekilde vurdu.
Gregor fue sacado suavemente de sus meditaciones.
Gregor, düşüncelerinden nazikçe çıkarıldı.
Observó cómo la luz de la mañana entraba lentamente en su habitación.
Sabah ışığının yavaşça odasına girmesini izledi.
Entonces su cabeza se hundió por completo, sin su voluntad.
Sonra, kendi isteği dışında, başı tamamen aşağıya düştü.
Y su último aliento fluyó débilmente de su nariz.
Ve son nefesi burun deliklerinden güçsüzce çıktı.

La criada entró en su habitación temprano en la mañana.
Hizmetçi sabahın erken saatlerinde odasına girdi.
No encontró nada inusual durante su corta visita habitual.
Her zamanki kısa ziyaretinde olağanüstü bir şey bulmadı.
Con fuerza y prisa cerró de golpe todas las puertas.
Güçsüzlükten ve aceleden, bütün kapıları çarptı.
No fue posible dormir tranquilo en todo el apartamento.

Dairenin tamamında huzurlu bir uyku uyumak mümkün değildi.

Le habían pedido que evitara hacer esto por la mañana.

Ona bunu sabahları yapmaktan kaçınması söylenmişti.

Ella pensó que él yacía allí inmóvil a propósito.

Kadın, adamın orada kasten hareketsiz yattığını düşündü.

Quizás quería demostrarle que estaba ofendido.

Belki de ona gücendiğini göstermek istemiştir.

Ella confiaba en que él tenía todo tipo de inteligencia.

Onun her türlü zekaya sahip olduğuna güveniyordu.

Ella sostenía por casualidad la escoba larga en su mano.

O sırada elinde uzun bir süpürge tutuyordu.

Entonces, desde la puerta, intentó hacerle un poco de cosquillas a Gregor.

Kapıdan içeri girerek Gregor'u biraz gıdıklamaya çalıştı.

Ella estaba un poco molesta porque él no respondió en absoluto.

Onun hiç cevap vermemesine biraz sinirlenmişti.

Así que esta vez lo empujó un poco más firmemente.

Bu sefer onu biraz daha sertçe itti.

Cuando él no ofreció resistencia, ella lo miró más de cerca.

Hiçbir direnç göstermeyince kadın daha yakından inceledi.

Pronto se dio cuenta de lo que realmente le había sucedido a Gregor.

Gregor'a gerçekte ne olduğunu çok geçmeden anladı.

Abrió más los ojos y silbó para sí misma.

Gözlerini daha da açtı ve kendi kendine ıslık çaldı.

Pero no perdió mucho tiempo antes de abrir la puerta.

Ama kapıyı açmak için fazla vakit kaybetmedi.

Y clamó a gran voz en la oscuridad:

Ve karanlığın içine yüksek sesle şöyle seslendi:

"Ven a echarle un vistazo, ahí está, completamente muerto."

"Gel de bir bak, işte orada yatıyor, tamamen ölü."

Los dos padres estaban sentados erguidos en el lecho conyugal.

İki ebeveyn evlilik yataklarında dik oturuyorlardı.

Primero tuvieron que superar el impacto del ruido.

Öncelikle gürültünün şokunu atlatmaları gerekiyordu.

Pero poco a poco empezaron a comprender su mensaje.

Ama sonra yavaş yavaş onun mesajını anlamaya başladılar.

El señor y la señora Samsa saltaron cada uno de su lado de la cama.

Bay ve Bayan Samsa, yatağın kendi taraflarından birer birer fırladılar.

El señor Samsa se echó la gruesa manta sobre los hombros.

Bay Samsa kalın battaniyeyi omuzlarına attı.

Y la señora Samsa salió sin nada más que su camisón.

Bayan Samsa ise sadece gecelikle dışarı çıktı.

Y así entraron en la habitación de Gregor.

Ve böylece Gregor'un odasına girdiler.

Mientras tanto, la puerta de la sala de estar también se había abierto.

Bu sırada oturma odasının kapısı da açılmıştı.

Grete había dormido allí desde que los inquilinos se mudaron.

Grete, kiracılar taşındığından beri orada uyuyordu.

Estaba completamente vestida como si no hubiera dormido en absoluto.

Sanki hiç uyumamış gibi, tamamen giyinikti.

Su rostro pálido también parecía demostrar su falta de sueño.

Solgun yüzü de uykusuzluğunun bir kanıtı gibiydi.

"¿Está muerto?" preguntó la señora Samsa, mirando a la criada.

"Öldü mü?" diye sordu Bayan Samsa, hizmetçiye bakarak.

Ella podría haberlo confirmado mirándolo ella misma.

Bunu ona bizzat bakarak da doğrulayabilirdi.

"Creo que sí", dijo la criada cogiendo la escoba.

"Sanırım öyle," dedi hizmetçi süpürgeyi eline alarak.

Y ella empujó su cuerpo muy lejos por el suelo.

Ve kadın, adamın bedenini yerde uzunca bir mesafeye itti.

La señora Samsa hizo un movimiento como si quisiera detenerla.

Bayan Samsa, onu durdurmak istercesine bir hareket yaptı.

Pero al final dejó que la criada llevara a Gregor de un lado a otro.

Ama sonunda hizmetçinin Gregor'u kaydırmasına izin verdi.

—Bueno —dijo el señor Samsa—, por fin podemos dar gracias a Dios.

"Nihayet Tanrı'ya şükredebiliriz," dedi Bay Samsa.

Hizo la señal de la cruz; cabeza, pecho, hombros.

Haç işareti yaptı; başını, göğsünü, omuzlarını.

Y las tres mujeres siguieron su ejemplo religioso.

Ve üç kadın da onun dini örneğini izledi.

Grete, que no apartaba la vista del cadáver, dijo:

Cesetten gözlerini ayırmayan Grete şöyle dedi:

"Mira qué delgado estaba, hacía tanto tiempo que no comía."

"Ne kadar zayıflamış, çok uzun zamandır hiçbir şey yememiş."

"La comida que le dejaba cada mañana siempre estaba intacta."

"Her sabah ona bıraktığım yiyecekler hiç dokunulmadan kalırdı."

De hecho, el cuerpo de Gregor estaba completamente plano y seco.

Aslında Gregor'un vücudu tamamen düz ve kuruydu.

Esto era más visible ahora que estaba en el suelo.

Yere düştüğünde bu durum daha da belirginleşti.

Porque su cuerpo ya no era levantado por sus piernas.

Çünkü vücudu artık bacakları tarafından kaldırılmıyordu.

Y porque no había nada más que distrajera la vista.

Çünkü manzarayı başka hiçbir şey engellemiyordu.

—Ven un rato con nosotros, Grete —dijo la señora Samsa.

"Gel Grete, biraz bizimle içeri gir," dedi Bayan Samsa.

Había una sonrisa dolorosa en sus labios mientras hablaba.

Konuşurken dudaklarında acı dolu bir gülümseme vardı.

Grete los siguió, pero también miró hacia el cadáver.

Grete onları takip etti, ama aynı zamanda cesede de dönüp baktı.

La criada cerró la puerta y abrió completamente la ventana.

Hizmetçi kapıyı kapattı ve pencereyi tamamen açtı.

Todavía era temprano, por lo que normalmente el aire estaría frío.

Henüz erken saatlerdi, bu yüzden hava normalde soğuk olurdu.

Pero también había una mezcla de calidez en el aire frío.

Ancak soğuk havanın içinde bir nebze de olsa sıcaklık vardı.

Como un suave recordatorio de que ya era finales de marzo.

Mart ayının sonuna geldiğimizi hatırlatan yumuşak bir uyarı gibiydi.

Los tres inquilinos ahora también salieron de su habitación.

Üç kiracı da odalarından dışarı çıktı.

Miraron a su alrededor con asombro en busca de su desayuno.

Kahvaltılarını bulmak için şaşkınlıkla etrafa bakındılar.

El desayuno fue olvidado por lo que encontró la criada.

Hizmetçinin bulduğu şey yüzünden kahvaltı unutuldu.

"¿Dónde está el desayuno?" se quejó el caballero del medio.

"Kahvaltı nerede?" diye homurdandı ortadaki beyefendi.

La criada se llevó el dedo a la boca para ordenar silencio.

Hizmetçi, sessizliği sağlamak için parmağını ağzına götürdü.

Y ella rápidamente y en silencio saludó a los caballeros.

Ve aceleyle, sessizce beylere el salladı.

La criada acompañó a los tres caballeros a la habitación.

Hizmetçi üç beyefendiyi odaya götürdü.

Y continuó explicándoles lo que había sucedido.

Ve onlara olanları anlatmaya devam etti.

Y los tres caballeros estaban alrededor del cadáver de Gregor.

Ve üç beyefendi Gregor'un cesedinin etrafında durdular.

Con las manos en los bolsillos miraron hacia abajo.

Elleri ceplerinde, başlarını aşağıya eğmişlerdi.

La luz de la mañana ahora había inundado completamente la habitación.

Sabah ışığı odayı tamamen aydınlatmıştı.

Entonces se abrió la puerta del dormitorio y apareció el señor Samsa.

Ardından yatak odasının kapısı açıldı ve Bay Samsa göründü.

A un lado estaba su esposa y al otro su hija.

Bir yanında karısı, diğer yanında kızı vardı.

Para entonces el señor Samsa ya llevaba puesto su uniforme.

Bay Samsa o sırada zaten üniformasını giymişti.

Se podía ver que todos habían estado llorando un poco.

Hepsinin biraz ağladığı açıkça görülüyordu.

Grete presionó su cara contra el brazo de su padre.

Grete yüzünü babasının koluna yasladı.

"¡Sal de mi apartamento inmediatamente!" ordenó el señor Samsa.

"Dairemi derhal terk edin!" diye emretti Bay Samsa.

Y señaló la puerta sin dejar salir a las mujeres.

Ve kadınların gitmesine izin vermeden kapıyı işaret etti.

"¿Qué quieres decir?" preguntó el intermediario desconcertado.

"Ne demek istiyorsunuz?" diye sordu aracı, şaşkınlıkla.

Y él hizo lo mejor que pudo para sonreír dulcemente al señor Samsa.

Ve Bay Samsa'ya tatlı bir şekilde gülümsemek için elinden gelenin en iyisini yaptı.

Los otros dos llevaban las manos tras la espalda.

Diğer ikisi ellerini arkalarında tuttular.

Y se frotaron las manos con anticipación.

Ve heyecanla ellerini ovuşturdular.

Parecía que esperaban que se produjera una fuerte pelea.

Sanki yüksek sesli bir tartışma çıkmasını bekliyorlarmış gibiydiler.

Pero ellos parecían estar contentos con la discusión que se avecinaba.

Ama yaklaşan tartışmadan memnun görünüyorlardı.

Creían que la disputa sería a su favor.

İhtilafın kendi lehlerine sonuçlanacağını düşünüyorlardı.

"Quiero decir exactamente lo que acabo de decir", respondió el señor Samsa.

"Az önce söylediğim şeyin aynısını kastediyorum," diye yanıtladı Bay Samsa.

Caminó en línea recta con sus dos compañeros.

İki arkadaşıyla birlikte düz bir hat üzerinde yürüdü.
Y el señor Samsa se dirigió directamente a su caballero principal.
Bay Samsa doğrudan onların baş yöneticisine yaklaştı.
El caballero primero se quedó quieto, mirando al suelo.
Beyefendi önce olduğu yerde durdu ve yere baktı.
El contenido de su cabeza todavía estaba ordenándose.
Kafasının içindekiler hâlâ düzene giriyordu.
—Está bien, nos vamos —dijo y miró al señor Samsa.
"Pekala, gideceğiz," dedi ve Bay Samsa'ya baktı.
Una nueva humildad pareció apoderarse de él de repente.
Aniden yeni bir alçakgönüllülük duygusu onu sarmış gibiydi.
Y parecía estar pidiendo permiso para esta decisión.
Ve bu kararı için izin istiyor gibiydi.
El señor Samsa abrió mucho los ojos y asintió un poco.
Bay Samsa gözlerini kocaman açtı ve hafifçe başını salladı.
Los caballeros obedecieron inmediatamente su orden.
Beyefendiler derhal onun emrine uydular.
Y efectivamente dieron largos pasos por el pasillo.
Ve gerçekten de uzun adımlarla koridora doğru ilerlediler.
Sus amigos ya habían dejado de frotarse las manos.
Arkadaşları ellerini ovmayı çoktan bırakmışlardı.
Habían estado escuchando cómo iba la conversación.
Konuşmanın nasıl ilerlediğini dinliyorlardı.
Y ahora corrían tras él, como si tuvieran miedo.
Ve şimdi sanki korkmuş gibi onun peşinden koşuyorlardı.
El señor Samsa aún podría aislarlos de su líder.
Bay Samsa onları liderlerinden hâlâ izole edebilir.
Sacaron sus palos del contenedor.
Çubuklarını çubuk kabından çıkardılar.
Y se inclinaron en silencio antes de salir del apartamento.
Ve daireden ayrılmadan önce sessizce eğildiler.
El señor Samsa y las dos mujeres salieron del patio delantero.
Bay Samsa ve iki kadın avludan dışarı çıktılar.
Pero en realidad no tenían motivos para desconfiar de los hombres.

Ama aslında adamlara güvenmemeleri için hiçbir sebep
yoktu.
**Se apoyaron en la barandilla para comprobar si se habían
ido.**
Gitmiş olup olmadıklarını kontrol etmek için korkuluğa
yaslandılar.
**Los tres caballeros efectivamente estaban bajando las
escaleras.**
Üç beyefendi gerçekten de merdivenlerden aşağı iniyordu.
En un determinado recodo de la escalera desaparecieron.
Merdivenin belli bir kıvrımında gözden kayboldular.
Y entonces la escalera los trajo de nuevo a la vista.
Ve sonra merdivenler onları tekrar göz önüne getirdi.
Esta aparición y desaparición se repite en cada piso.
Bu görünme ve kaybolma döngüsü her katta tekrarlandı.
Pero al final casi habían llegado al fondo.
Ama sonunda neredeyse dibe ulaşmışlardı.
Cuanto más avanzaban, más aburridos parecían.
Ne kadar ilerlerlerse, o kadar da ilgi çekici olmaktan
çıkıyorlardı.
Todos regresaron a casa, como si se sintieran aliviados.
Herkes rahatlamış gibi evlerine geri döndü.
Decidieron aprovechar el día para descansar y salir a pasear.
Günü dinlenerek ve yürüyüşe çıkarak geçirmeye karar
verdiler.
Sentían que merecían este descanso de su trabajo.
İşlerinden bu molayı hak ettiklerini düşünüyorlardı.
No sólo merecían este descanso, sino que lo necesitaban.
Bu molayı sadece hak etmekle kalmadılar, buna ihtiyaçları da
vardı.
Se sentaron a la mesa para escribir cartas de disculpas.
Özür mektupları yazmak için masaya oturdular.
**El señor Samsa escribió una carta de disculpas a su
dirección.**
Sayın Samsa, özür mektubunu yöneticilerine yazdı.
La señora Samsa escribió su carta de disculpas a sus clientes.
Bayan Samsa, müşterilerine özür mektubunu yazdı.

Y Grete escribió su carta de disculpa a su director.
Grete de özür mektubunu okul müdürüne yazdı.
Mientras todos escribían, la criada llegó a la habitación.
Hepsi yazı yazarken hizmetçi odaya geldi.
Su trabajo de la mañana había terminado, por lo que se dirigía a casa.
Sabahki işi bitmişti, bu yüzden eve gidiyordu.
Los tres escritores asintieron al principio, sin levantar la vista.
Üç yazar önce başlarını sallayıp onayladılar, başlarını kaldırmadılar.
Pero la criada no parecía querer irse todavía.
Ama hizmetçi henüz ayrılmak istemiyor gibiydi.
Esperó un poco, hasta que los tres escritores levantaron la vista.
Üç yazar da başlarını kaldırıncaya kadar biraz bekledi.
"¿Y bien?" preguntó el señor Samsa, enojado como los demás.
"Peki ya?" diye sordu Bay Samsa, diğerleri gibi öfkeyle.
La criada estaba parada en la puerta con una sonrisa en su rostro.
Hizmetçi, yüzünde bir gülümsemeyle kapı aralığında duruyordu.
Dio la impresión de tener buenas noticias que informar.
İyi haberler verecekmiş gibi bir izlenim bıraktı.
Pero ella no iba a compartir la noticia a menos que se lo pidieran.
Ama kendisine sorulmadıkça haberi paylaşmayacaktı.
La pluma de avestruz erguida sobre su sombrero se balanceaba ligeramente.
Şapkasındaki dik duran devekuşu tüyü hafifçe sallanıyordu.
Aquella pluma de avestruz siempre había molestado al señor Samsa.
O devekuşu tüyü Bay Samsa'yı hep rahatsız etmişti.
—Entonces, ¿qué quieres? —preguntó la señora Samsa con firmeza.

"Öyleyse ne istiyorsunuz?" diye sordu Bayan Samsa kararlı bir şekilde.

La criada todavía tenía mucho respeto por la señora Samsa.

Hizmetçi, Bayan Samsa'ya hâlâ büyük saygı duyuyordu.

"Sí", respondió ella y soltó una carcajada amistosa.

"Evet," diye yanıtladı ve neşeli bir kahkaha attı.

Por un momento su risa le impidió hablar.

Bir an için kahkahası konuşmasını engelledi.

"No tienes que preocuparte por esa cosa de al lado".

"Yan komşudaki şey için endişelenmenize gerek yok."

"Ya he decidido cómo nos desharemos de él".

"Ondan nasıl kurtulacağımız konusunda zaten gerekli düzenlemeleri yaptım."

La señora Samsa y Grete continuaron escribiendo sus cartas.

Bayan Samsa ve Grete mektuplarını yazmaya devam ettiler.

Pero el señor Samsa se dio cuenta de que la criada aún no había terminado.

Ancak Bay Samsa, hizmetçinin henüz işini bitirmediğini fark etti.

Ahora quería describir todo con más detalle.

Şimdi her şeyi daha ayrıntılı bir şekilde anlatmak istedi.

Pero él extendió su mano para rechazar sus esfuerzos.

Ama o, kadının çabalarını reddetmek için elini uzattı.

Se dio cuenta de que no estaban interesados en sus planes.

Onların onun planlarıyla ilgilenmediklerini anladı.

Y entonces recordó la gran prisa en la que había estado.

Sonra da ne kadar acele ettiğini hatırladı.

"Ciao entonces", dijo ella, insultada por la falta de interés.

"O zaman hoşça kal," dedi, ilgisizlikten rahatsız olmuş bir şekilde.

Pero antes de irse cerró la puerta de un golpe terriblemente fuerte.

Ama gitmeden önce kapıyı çok sert bir şekilde çarptı.

"La despedirán esta noche", dijo el señor Samsa.

"Akşam işten çıkarılacak," dedi Bay Samsa.

Pero su esposa y su hija estaban demasiado ocupadas para responderle.

Ama karısı ve kızı ona cevap veremeyecek kadar meşguldü.

Porque la criada había perturbado la paz recién adquirida.

Çünkü hizmetçi, yeni kazandıkları huzuru bozmuştu.

La madre y la hija se levantaron para ir a la ventana.

Anne ve kızı pencereye gitmek için ayağa kalktılar.

Y abrazados se quedaron allí.

Ve birbirlerine sarılarak orada öylece kaldılar.

El señor Samsa se giró en su silla para mirarlos.

Bay Samsa, onlara bakmak için sandalyesinde döndü.

Y por un rato los observó en silencio mientras estaban allí de pie.

Bir süre sessizce orada duranları izledi.

Finalmente les gritó: "¿Queréis venir a mí?"

Sonunda onlara seslendi: "Bana gelecek misiniz?"

"Olvidémonos de todas esas cosas viejas, ¿de acuerdo?"

"Şu eski şeyleri bir kenara bırakalım artık, olur mu?"

"Ven a mí y dame un poco de tu atención."

"Bana gel ve biraz dikkatini bana ver."

Las dos mujeres hicieron lo que él les dijo y corrieron hacia él.

İki kadın da onun dediğini yaptı ve yanına koştular.

Le dieron un abrazo cariñoso y le besaron.

Ona sevgiyle sarıldılar ve öptüler.

Regresaron rápidamente para terminar de escribir sus cartas.

Mektuplarını yazmayı bitirmek için hızla geri döndüler.

Luego los tres abandonaron el apartamento juntos.

Ardından üçü birden daireden ayrıldılar.

No habían salido juntos de casa desde hacía meses.

Aylardır birlikte evden dışarı çıkmamışlardı.

Y tomaron el tranvía hasta las afueras de la ciudad.

Ve tramvaya binerek şehrin dışına gittiler.

Tenían todo el vagón del tranvía para ellos solos.

Tramvayın tüm vagonu onlara aitti.

La luz del sol entraba a raudales por la ventana desde el exterior.

Dışarıdan pencereden içeriye bolca güneş ışığı giriyordu.

La familia se reclinó cómodamente en sus asientos.

Aile üyeleri koltuklarına rahatça yaslandılar.

Y discutieron las perspectivas para su futuro.

Ve geleceklerine dair beklentileri tartıştılar.

Al examinarlos más de cerca, sus perspectivas no eran malas.

Daha yakından incelendiğinde, gelecek beklentilerinin hiç de
fena olmadığı anlaşıldı.

Los tres tenían trabajos con potencial para ganar más.

Üçünün de daha fazla kazanma potansiyeli olan işleri vardı.

Nunca se habían preguntado sobre su trabajo.

Birbirlerine işleri hakkında hiç soru sormamışlardı.

Pero ahora finalmente tenían tiempo para discutir esas cosas.

Ama şimdi nihayet bu konuları görüşmek için vakit
bulmuşlardı.

**También tenían la opción de mudarse a un apartamento más
pequeño.**

Daha küçük bir daireye taşınma seçeneğine de sahiplerdi.

Esto tendría el mayor impacto en sus vidas.

Bu, onların hayatları üzerinde en büyük etkiyi yaratacak olan
şey olurdu.

Su apartamento actual había sido elegido por Gregor.

Şu anki dairelerini Gregor seçmişti.

Pero ahora podrían mudarse a algún lugar más asequible.

Ama şimdi daha uygun fiyatlı bir yere taşınabilirlerdi.

**Un apartamento más pequeño, pero en un lugar más
práctico.**

Daha küçük bir daire, ama daha kullanışlı bir yer.

**Hablar sobre el futuro hizo que Grete se sintiera
nuevamente más animada.**

Gelecek hakkında konuşmak Grete'yi yeniden daha neşeli hale
getirdi.

**El señor y la señora Samsa también notaron otros cambios en
ella.**

Bay ve Bayan Samsa, kızlarında başka değişiklikler de fark
ettiler.

**Sus mejillas se habían vuelto pálidas por todas sus
preocupaciones.**

Endişelerinden dolayı yanakları bembeyaz olmuştu.

Pero ahora su hija se estaba convirtiendo en una bella dama.
Ama şimdi kızları güzel bir hanımefendiye dönüşüyordu.
Ahora ella realmente era una joven bien formada y hermosa.
Artık gerçekten de güzel yapılı ve zarif bir genç kadındı.
Sus padres guardaron silencio y admiraron a su hija.
Anne ve babası sessizleşti ve kızlarına hayranlıkla baktılar.
Se miraron el uno al otro comunicándose inconscientemente.
Birbirlerine bakıştılar, bilinçsizce iletişim kuruyorlardı.
"Pronto llegará el momento de encontrar un buen hombre para ella."
"Yakında onun için iyi bir adam bulma zamanı gelecek."
El tranvía había llegado a su destino y redujo la velocidad.
Tramvay varış noktasına ulaşmış ve yavaşlamıştı.
Su hija pareció confirmar sus nuevos sueños.
Kızları, onların yeni hayallerini doğrular gibiydi.
Ella fue la primera en levantarse y estirar su joven cuerpo.
Ayağa kalkıp genç bedenini geren ilk kişi o oldu.